青少年美绘版经典名著书库

小战马

〔加〕西顿 著　石冬雪 著

浙江人民出版社
ZHEJIANG PEOPLE'S PUBLISHING HOUSE

前言

QIANYAN

从诸子蜂起、处士横议的百家争鸣到大师辈出、人文昌盛的文艺复兴,从闪耀着智性之光的启蒙书籍到弥漫着天真之趣的童话寓言,几千年来,中外文坛一直人才辈出,灿若星辰,佳作更是形形色色,斗量车载。面对如此浩繁的作品,为了让青少年朋友品读到纯正的文化典籍,畅游于古今之间,我们精心编排了"青少年美绘版经典名著书库"。

本书库撷取世界文学中的精华,涉及中外名家经典小说、诗歌、杂文、散文等作品,让你充分领略大师的风采:甄选中华国学读物《孙子兵法》《论语》等,让你从博大精深的中国传统文化中汲取营养;品鉴外国文学名著《百万英镑》《雾都孤儿》等,让你和高尚的人谈话,树立坚定的信念;观赏多彩童书《柳林风声》《木偶奇遇记》等,让你体味瑰丽的想象,保持纯真与勇敢;阅读传记、散文《名人故事》《小桔灯》等,让你见证历史的缩影、沐浴睿智的人文光芒……

本书库的编排方式以体裁为纲,选取集知识性、趣味性、教育性于一体的经典名著,并有大量与作品内容相得益彰的精美绘图,达成文本阅读与艺术欣赏的相互促进。在书库最新一辑中,还按章节编排了"名师导读""名师按语""名师点金"等辅助阅读的小板块,让你能读有所悟,提高赏析作品的能力。如果这一增长见识、愉悦身心的精神盛宴能够得到你的喜爱,那将是我们最大的幸福和希冀。

目录

MULU

青|少|年|美|绘|版|经|典|名|著|书|库

QINGSHAONIAN MEIHUIBAN JINGDIAN MINGZHU SHUKU

【经典收藏】

忠诚的乌利

第一章
黄狗乌利

名师导读

　　黄狗是一种十分优秀并且很忠诚的狗，它们是牧羊人的好朋友。乌利正是黄狗家族中最优秀的一个,它帮助自己醉生梦死的主人看管着羊群。乌利到底是一只怎样的黄狗呢？一起来看一下吧。

名师按语

①通过黄狗和灵缇犬、牛头犬的对比,更加凸显出黄狗的优秀。

　　黄色的狗十分普通，只是因为它们全身都长着黄色的毛,因此被称为黄狗。黄狗也是一种混血狗,而且血统很杂,几乎是所有混血狗中最杂的。黄狗和所有品种的狗都有一点儿亲属关系,因此,人们已经不把黄狗当作一个单独的品种。事实上,黄狗的历史是非常悠久的,而且品种也非常优良,不可思议的是它的祖先是所有变种狗的源头。黄狗的优点有很多,它们比任何品种的狗都要敏捷、聪明,而且比纯种狗更能应对生活中的各种磨难。

　　如果在一个荒无人烟的小岛上,只有一只黄狗、一只灵缇犬、一只牛头犬,那么,六个月后,它们之中谁能够活下来呢？答案是很明显的,一定是那只黄狗。①虽然黄狗没有灵缇犬的速度，但是它不会患上灵缇犬易得的肺结核或者是皮肤病;虽然黄狗没有牛头犬的力量,但是它却有珍贵的生存智慧,这要比速度和力量重要得多。在生与死的关键时刻,坚韧与智慧是生存下去的必备因素,也是

小战马

生存者必须拥有的特质。

一般情况下，黄狗的性情都是很温顺的。但是，②即使是十分温顺的动物在特殊的情况下也会做出令人意想不到的行为。兔子急了都会咬人，更何况是狗呢。其实，人有的时候也是这样的。如果你遇到一只长有敏锐尖耳朵的黄狗，那么一定要对它警惕起来，因为它的性情可能会像狼一样狡猾。③在它的内心中潜藏着一种狼的野蛮的癖性，在遭受虐待时或者是长时间生活在恶劣的环境中这种狼的野蛮的癖性就会彰显出来，会突然间变得残忍、凶暴，让人无法接受。

在遥远的切维厄特丘陵，一只小黄狗乌利出生了。不幸的是，与它一同出生的许多兄弟姐妹都相继地去世了，只有它和另一只小狗活了下来，这也似乎证明了一点，它具有顽强的生命力。虽然没有另一只惹人喜爱，但是它也算得上是一只很漂亮的小黄狗。

在小黄狗乌利满月之后，它的训练工作就开始了，老师是一只经验十分丰富的柯利牧羊犬，老羊倌罗宾也陪伴着它们。罗宾的智力并不比它们差，但是他的身体不好，一直生着病，于是他每天只向往醉生梦死、酒足饭饱的萎靡不振的生活。眨眼之间，两年的时间过去了，乌利已经长得十分高大。④它对牧羊的技巧已经全部掌握，无论是高大的成年羊，还是正在哺乳的小羊羔，它都能看管得十分好。它的主人罗宾对它的表现十分满意，经常夸奖它。因此，罗宾经常在外面的旅店过夜，而将许多羊放心地留给乌利看管。许多情况下，乌利都能出色地完成任务。乌利是一只十分精明能干的狗，而且它对自己的主人十分忠心。⑤尽管乌利看不惯罗宾这种单调的生活方式，但是它顺从的本性却是无法改变的，它回报主人的只有永远的忠诚。

名师按语

②此处暗示下文可能会发生的事情，即使是温和的黄狗也可能变得残暴。

③解释了黄狗变得残暴的原因，也为下文乌利的性格大变埋下了伏笔。

④表现出乌利是一只十分优秀的牧羊犬。

⑤既体现了乌利的忠诚与顺服，也为下文乌利的遭遇埋下了伏笔。

在这个世界上,有没有比罗宾更厉害的人存在呢?乌利从来没有思考过这个问题。事实是,罗宾也只是一个打工的,他为一个牲畜贩卖者做事,一星期可以赚到五个先令。而乌利真正的主人实际上是那个牲畜贩卖者。现在,那个牲畜贩卖者正在严厉地命令罗宾,让他将所有的羊都赶到约克郡的一个市场上去卖掉。这个重要的任务,将由罗宾与乌利共同完成。

名师点金

赏析·启示

在本章中作者用了大量的篇幅对黄狗进行了描写,一只聪明、智慧、勇敢且认真负责的黄狗形象跃然纸上,足见作者对这条狗的赞扬和喜爱之情。与此同时,作者又用对比的手法突出了主人罗宾的不称职和乌利作为牧羊犬是多么的优秀。作者笔下的主人罗宾糊里糊涂过日子,而乌利却勤劳忠诚,以人与狗做对比,更加彰显了黄狗乌利对主人无条件的忠诚。

※学习·拓展

黄 狗

黄狗是混血种的家犬,品种多样,职责各不相同。其共同特征是体型较大,饲养难度比较低,忠诚度很高。描写黄狗的文学影视作品有很多,如比利时作家乔治·西默农的侦探小说《黄狗》、美国电影《老黄狗》等。在19世纪,黄狗在西方国家普遍被当作牧羊犬使用,它们的价格更低,更容易饲养,也更加忠诚。

第二章
乌利找寻主人

名师导读

乌利和主人失散了。这只忠诚的黄狗会独自回家吗,它会放弃寻找自己的主人吗?"我"又是在什么样的情况下见到了乌利呢?"我"能取得乌利的好感吗?

罗宾与乌利赶着一群羊上路了。他们先从切维厄特丘陵到了诺森伯兰郡,接着又到达了泰因河畔。经过一段水路之后,在南希尔兹上了岸。此时泰因河畔的城市刚刚从梦中醒过来,各个工厂开始了新一天的工作。大烟囱又开始冒烟了,刚刚露出鱼肚白的天空又变成了灰色,好像是暴风雨来临之前的样子。①浓厚的"乌云"压在城市的上空,羊群并没有见到过此种景象,它们还以为暴风雨真的要来临了,于是一只只开始变得恐慌起来,374只羊开始向四处逃窜。

罗宾看到羊群四处逃窜,十分着急,不知道该怎么办,大脑一片空白,以前他可从没有遇到过此类突发事件。过了一会儿,他回过神儿来,立即向乌利下达命令:"乌利,快点儿将这些羊都赶回来!"②说完之后,罗宾就什么都不管了,好像什么事情都没有发生一样,棘手的事情完全交给了乌利。现在,他冷静地坐在一边,点燃烟斗,

名师按语

①环境描写,交代了事件的起因。

②用罗宾的不管事、无所作为凸显出乌利工作的艰难、能力的突出以及乌利的忠诚。

名师按语

悠闲地抽着,然后又拿出毛线活儿,开始编织已经完成一半的短袜。罗宾的命令,对于乌利来说压倒一切。于是,它立刻行动起来。它在不同的方向来来回回地奔跑着,将四处逃散的羊重新聚集在一起。这个任务实在是太艰巨了,因为一共有 374 只羊呢!可是尽管这样,罗宾还是不肯帮忙,他只是坐在一边看着乌利来回地奔跑,连手中的毛线活儿掉到旁边都没有感觉到。经过乌利的努力,终于所有的羊都聚集到了罗宾的面前。罗宾开始数羊:"……370、371、372、373。怎么少一只呢?乌利?应该是 374 只啊!"乌利听到这样的话,感到十分羞愧,因为这可以算是它牧羊生涯中一个十分巨大的败笔。③尽管它已经精疲力竭,气喘吁吁,但是依然顽强地站了起来,去寻找走失的那只羊。乌利刚走没多久,一直站在一边观看的一个小男孩对罗宾说道:"先生,这里是 374 只羊,是您数错了。"听到这样的话,罗宾又将羊群数了一遍,果然是 374 只羊,根本就不少。现在罗宾觉得很为难,不知道应该怎么办。

从切维厄特丘陵到约克郡,这么遥远的路程丢失一两只羊是很正常的。但是,罗宾十分了解乌利,乌利的自尊心十分强,即使是偷,它也要带回来一只羊。曾经就发生过类似的事情,而且还发生了一场十分不愉快的经历。④"这可怎么办呢?乌利可是一只十分难得的好狗,失去它将是一件十分可惜的事情。但是,也不能因为在此等待乌利而耽误任务的完成,要知道一星期只赚五个先令啊!而且,如果乌利真的带回了一只羊,该怎样处理呢?不能再耽误时间了,时间就是金钱啊!"罗宾想到这里,似乎一切都理顺清楚了,最后决定:舍弃乌利,独自赶着羊群继续前进。

可怜的乌利就这样被无情的罗宾丢下了,而它现在

③尽管乌利十分劳累,但还是选择去履行职责,体现出乌利的尽职尽责。

④罗宾的想法体现出人与动物感情的不对等,正是这种不对等导致乌利走向悲剧的结局。

小战马

还在为罗宾寻找着那只羊。

⑤乌利在城市中找了好久,它跑遍大街小巷,嗅遍每一个偏僻的地方,可是依然没有找到丢失的那只羊。它既焦急又难过,天渐渐地黑了,仍然没有结果。它又累又饿地往渡口走去,心想:应该怎样向主人交代呢?

但是,乌利的担心是多余的,因为罗宾与羊群早已离开了渡口,继续向前赶路了,这是乌利没有想到的。当发现罗宾与羊群不见的时候,乌利悲伤的样子让任何人看到都会心碎。对于一只忠心耿耿的狗来说,被主人抛弃是一个致命的打击!乌利一边流泪一边在渡口寻找着,它又跳上渡船到了对岸,想要在那里找到自己的主人。下半夜它又来到城市中寻找,可是一点儿踪影都没有。到了第二天,乌利依然不愿放弃,它继续寻找着。它从河的这一岸游到那一岸,又从那一岸游回来,来来回回,不知道游了多少趟。只要有人经过渡口,乌利就会上前去闻一闻,看一看,看是否是自己的主人。它不放过任何一个找到自己主人罗宾的机会。

第三天,乌利开始进行全面的搜寻。⑥渡船每天发船是 50 趟,平均每趟载乘客 100 人。乌利就这样不厌其烦地嗅着每一双腿,总共有 5000 双腿,也就是 10000 条腿。这只可怜的黄狗!第四天、第五天⋯⋯整整一星期的时间,乌利都是这样度过的,而且已经到了废寝忘食的地步。虽然这样辛苦,但是并没有得到回报。⑦一段时间之后,乌利被饥饿与烦恼折磨得暴躁起来。它渐渐地瘦了下来,性情也不再温顺,脸上一副十分愤怒的样子。来往的人都不敢惹它,因为只要一碰它,它就会狂叫。如果你干扰到它寻找主人的嗅腿工作,它甚至可能会愤怒地扑过来咬你一口。日子一天天过去了,乌利一直寻找着主人罗宾,但是罗宾一直没有出现。渡口的驾船者十分同情乌

名师按语

⑤乌利努力找羊的过程更加体现出它的忠心、尽职,也让它更具悲剧色彩。

⑥用数字体现出乌利寻找主人的困难,以及乌利对主人的感情。

⑦此处照应上文,黄狗也会因为处境的变化而变得凶残。

利，不时会给它一些吃的。一开始，乌利并不吃他们给的东西，因为它的心中有一股仇恨的怒火。但是久而久之，他便接受了这些食物，开始大口地吃起来，因为它太饿了。它对这个世界充满了仇恨，可是对自己的主人还怀着一颗忠诚的心。看来，这种仇恨与忠诚都是十分盲目的。

大约过了 14 个月，我和乌利第一次见面了。它依然在做着嗅腿工作，不放过任何一个过往乘客的腿。它的精神很好，在洁白的颈毛和尖尖的耳朵的衬托下，坚毅的脸显得格外突出。听了它的故事，我很感动，于是想和它交朋友。但是，当它嗅过我的腿，知道我并不是它所要找的人之后，就再也没有多看我一眼。于是，在接下来的 10 个月里，我每天都跑到渡口，向它示好，但是它依然漠视我。我就像其他陌生人一样，无法取得它的信任，无法与它进行交流。

⑧用具体的时间来证明黄狗乌利对主人的忠心是不会轻易改变的。

⑧整整两年的时间过去了，这个忠实的乌利依然在渡口寻找着自己的主人。因为乌利心中有一个信念，那就是它的主人罗宾一定会回来的，一定会重新出现在它面前。所以它才会这样一直不舍地待在这个渡口，它不能让自己的主人找不到自己。如果不是这个原因，乌利早就回切维厄特丘陵的家里了，这个对它来说，是轻而易举的事情。到目前为止，乌利已经在渡口嗅过 6000000 条腿了，但是没有一条腿是它主人的。⑨这种长期的压抑，使得乌利的脾气变得十分暴躁。但是，它对主人的忠诚却从来没有改变过。有一天，从渡船的甲板上走下来一个十分强壮的牲畜贩卖者。突然，乌利激动得跳了起来，身上的每根毛也都竖了起来，它发出充满喜悦的叫声。自从它被遗弃后，还没有人见过它如此兴奋。它一直看着那个牲畜贩卖者，牲畜贩卖者走到哪里，它就跟到哪里。

⑨显示出即便是饱受折磨，乌利也没有责怪主人。

一个驾船者发现了乌利的反常，于是对那个牲畜贩

名师按语

⑩乌利因为嗅到了主人的气味就充满了喜悦之情,可见它对主人的至深感情。

卖者说道:"喂!伙计!这只狗对你的态度很不一样啊!"

"是啊,我也感到很奇怪,它总是在我的腿上蹭来蹭去。"牲畜贩卖者有些气恼地说道。

⑩之后,乌利做出了令人更加吃惊的举动,它竟然冲着牲畜贩卖者猛烈地摇起尾巴,向他撒起娇来。乌利这些反常的行为都是有原因的。这个牲畜贩卖者是罗宾的朋友,名字叫作多利:他手上戴着的手套和脖子上围着的围巾都是罗宾编织的,这些物品曾经都是罗宾的。聪明的乌利一下就认出了主人的物品,同时,也嗅出了多利身上的罗宾的味道。正因为如此,乌利就开始跟着这个新主人。最后,多利将乌利抱在怀里,抚摩着它的脑袋,说道:"好吧,伙计,我们回家去吧!"

因此,乌利结束了渡口寻找主人的流浪生活,跟着这个新主人走了。

名师点金

赏析·启示

乌利为了寻找那只根本不存在的走失的羊和主人分散了,它的主人抛弃了它,可它一直没有放弃寻找主人。在寻找主人的过程中,乌利对主人的感情从来没有变过,它从不认为主人会抛弃自己,始终坚信主人一定会回来。可另一方面它却丧失了对人类的信任,面对其他人时,它变得暴躁,极富攻击性。作者用朴实的语言、简单的文字把人的无情与狗的深情极为细致地描写了出来,发人深省,感人至深。

小战马

南希尔兹和诺森伯兰郡

南希尔兹是英国英格兰北部的工业城市和港口。位于北海沿岸、泰恩河口。人口 8.7 万 (1981) 。13 世纪建市。17 至 18 世纪为制盐和玻璃工业中心。煤和铁的进出口港。造船、修船及海上工程业发达。为英国最早的救生船站 (设于 1790 年) 。

诺森伯兰郡是英国英格兰最北部一郡。首府纽卡斯尔。东临北海,北接苏格兰。东部为沿海平原,西部有奔宁山脉,北部有切维厄特丘陵,南部是泰恩河谷。气候凉温。境内多罗马时代建筑遗迹,其中以哈德良长城最为著名。

第三章
乌利的新生活

·名师导读·

　　乌利随新主人来到了蒙撒尔山谷,仍做着牧羊犬的工作,但乌利的心境发生了变化,它对主人以外的人充满了敌意。同时,魔鬼狐狸危害着这里的羊群。作为羊群保卫者的乌利又将如何应对呢?

名师按语

　　多利的家位于德贝郡蒙撒尔山谷东部的高地上。蒙撒尔山谷是德贝郡最著名的山谷之一。这里有许多突兀的山脊、高大的石头墙、陡峭的悬崖,岩石丛中还有许多十分密集的怪石。而魔鬼狐狸的最佳栖身之地,就是这样的山谷。乌利的新家也将安在这里。

　　长久以来, 这里都在流传着一个关于魔鬼狐狸的故事。1881 年,一只十分狡猾的老狐狸来到这片土地并安了家。①这只狐狸就像一只饥饿的老鼠钻进了一个装满粮食的仓库里,它肆意地偷着农夫的小羊羔。当农夫拿着猎枪来追赶它时,它就躲进怪石嶙峋的蒙撒尔山谷,钻进数不清的魔鬼洞中。有人说,这只狐狸一到山谷就消失,肯定会法力;还有人说,曾经有一只猎犬马上就要抓到这只令人痛恨的狐狸了,但是就在千钧一发的时刻,猎犬却疯了。就在这个流传着神奇故事的地方,乌利又开始了自己的老本行,继续做牧羊的工作。多利有许多羊,现在都

　　①通过人们对魔鬼狐狸的描述可以看出它的狡猾与神秘。

小战马

交给聪明的乌利来看管。每天早上,乌利攆着羊群去草地上吃草,晚上,又将它们安全地赶回来。在人多的时候,乌利会十分警惕,它会向靠近羊群的陌生人发出吼叫声,以示警告。所有人都看到了乌利对羊群的精心看管,对它的这种恪尽职守赞不绝口。②周围农夫的羊经常会被魔鬼狐狸偷走,但是多利的羊一只都没有少过,这全是精明能干的乌利的功劳。这一段时间里,魔鬼狐狸又开始行动了。它在村庄中毫无忌讳地偷窃,然后回到蒙撒尔山谷中去享用。它简直就像是一个杀人不眨眼的刽子手,一夜之间偷走许多牲畜。③迪格比一晚上就丢了10只羊羔;第二天晚上,卡罗尔也损失了7只羊羔;又过了几天,教区牧师的所有鸭子都不翼而飞;刚过了一夜,又有人失去了一大群家畜,竟然还有小牛犊。这只魔鬼狐狸真是越来越大胆了!

大家对于魔鬼狐狸了解得并不多,只是从它的脚印判断出它是一只体形非常大的狐狸。所有人都没有见过它的真面目,即使是最有经验的猎人也没有见过。

对于魔鬼狐狸的如此猖狂,旅馆老板乔发出倡议,让蒙撒尔山谷的农夫们立即行动起来。在这里,乔所经营的旅馆是唯一的一家旅馆,名字叫作"猪和口哨"旅馆。乔是一个十分精明的约克郡人,他从小的梦想就是能够成为一个边疆开拓者,但是最后却成了一个旅店的老板。不过,他这个人的品质十分优秀,因此在当地④德高望重,大家都十分尊敬他。

在乔的建议下,大家一致决定:如果魔鬼狐狸在雪天出现,那么大家就根据它在雪地上留下的脚印,进行跟踪追击,直至将它捕捉到。对于如此狡猾的敌人,大家都将狩猎原则弃之一边,其共同的最终目标就是不惜一切代价将魔鬼狐狸铲除掉。但是,事情并没有按照大家所想的

名师按语

②通过多利家和周围农户家的对比,更加体现出乌利是一只十分优秀的牧羊犬。

③列举受害者的例子,更加具体地显示出魔鬼狐狸的胆大妄为。

④德高望重:品德高尚,名望很大。

名师按语

⑥这是"我"的疑问,也是大家的疑问,魔鬼狐狸到底是什么?

那样发展,因为没有下雪,而且魔鬼狐狸也非常聪明,它没有连续两个晚上都袭击同一个农户,并且从来不在杀戮的地方享用美食。更甚者,它从来都不会留下暴露自己行踪的痕迹,一般情况下它都会在一条公路上或者草地上⑤销声匿迹。

一天,已经是半夜时分,天地间狂风暴雨,一道道刺眼的闪电不时地划过长空。此时,我正从巴格韦尔向蒙撒尔山谷走去。当我经过斯特德的羊圈时,我被眼前的一幕惊呆了:在20米左右的正前方,一只体形非常庞大的狐狸正在直勾勾地盯着我,它的舌头还在舔着嘴边的鲜血。我不敢相信,于是揉了揉眼睛,想要看清楚一些,但是那只狐狸已经不见了。⑥这只狐狸真是太大了!那是一只狐狸吗?看起来更像一只大狗。这一切似乎是在做梦,我实在不敢相信那是真的。但是,可以确定的是,第二天早上,斯特德的羊圈里有20具牲畜尸体。这个凶手真是越发猖狂了,让人真是忍无可忍!

整个村庄的人都开始痛恨这只狡猾的狐狸,因为大家都遭到了它的袭击。但是,只有多利家幸免于难,这让大家感到有些不可思议(因为多利家位于受灾区的中心,而且离凶手出没的蒙撒尔山谷不到1 000米。聪明而又能干的乌利再一次向人们证明了自己是一只多么优秀的牧羊犬,应该说是整个村庄最优秀的。它每天都将羊群安然无恙地带回来,从来都没有少过一只。乌利不仅很好地保护了羊群,并且自己也毫发无损。所有的人都很佩服它,希望自己家里也能够有一只这样的大黄狗。但是,如果乌利的脾气能够温顺一点儿,就非常完美了。

乌利只喜欢多利和赫尔达。赫尔达是多利的大女儿,是一个十分聪明、善良的姑娘。她将房屋的里里外外都打扫得干干净净,而且她还是乌利的监护人。她经常在没事

小战马

的时候陪着乌利玩,揪揪它尖尖的耳朵,摸摸它光滑的皮毛。她非常喜欢乌利,同时乌利也十分喜欢她。除了多利和赫尔达,对于其他的人或狗,它都充满仇恨。

乌利的脾气我是知道的。现在,我正走在通往多利家后门的小路上。乌利正趴在门前的台阶上,它早已经不认识我了。当我走近它的时候,它没有对我表现出亲切,让我感到有些失落。

⑦乌利慢慢地站起来,并向我跑过来,然后在距离我10米的地方又站住了,开始十分警惕地看着我,脊背上的毛直直地竖了起来。乌利的这种状态似乎在审查我是不是坏人,这令我感到很不舒服。我又向前走了几步,它依然站在那里,没有动。我现在已经不想和它打招呼了,想从它身边直接地走过去。但是,乌利突然跑到我面前,用凶狠的目光看着我。我感觉到了它对我的不友善,但是我没有理它,继续向前走。这时,它突然以迅雷不及掩耳的速度咬住了我的左脚跟,这令我感到很意外。我立即抬起右脚去踢它,想把它踢开,但是,它却敏捷地躲开了。我又捡起草丛里的一块石头向它扔去,正好打中了它的屁股,它顺势掉进了旁边的河沟里。过了一会儿,它才从河沟里爬了出来,一瘸一拐地走了。与乌利的这次见面十分不愉快,它的沉默令我感到很奇怪。

乌利对这个世界充满了仇恨,除了多利和赫尔达,似乎所有的人都对不起它。⑧但是,它对羊群却是十分地温柔,就像是在照顾自己的孩子一样。许多掉入池塘或者洞穴的小羊羔都得到了它的帮助,它的这些救羊的事迹在整个村庄流传开了。

名师按语

⑦乌利对曾经待它很好的"我"的态度,表现了它对人的不信任。

⑧乌利对待羊群的态度使后文的发展更加出人意料。

名师点金

赏析·启示

　　乌利在新家安顿了下来，又开始了自己熟悉的工作，它依然是一只极其出色的牧羊犬。与此同时，魔鬼狐狸的出现打破了人们平静的生活，人们痛恨这只凶残狡诈的狐狸，但又无可奈何。乌利和魔鬼狐狸相近的出现时间只是个巧合吗？被主人背叛过的乌利真的还能像从前那样忠诚吗？即使是动物，也是有喜怒哀乐，也是会受到伤害的，乌利就是一个很好的例子。

※学习·拓展

关于狐狸的故事

　　狐狸是童话故事中常见的形象，大多数时候狐狸都会被塑造成贪吃、狡猾、阴险、凶残的形象。和狐狸有关的故事有很多，最著名的要数《列那狐的故事》。这本书中的狐狸列那用计吃掉了小鸟的孩子，骗了乌鸦的奶酪，整了雄猫，还多次算计了自己的狼舅舅，最后成功地全身而退了。

第四章
魔鬼狐狸的死亡

名师导读

　　魔鬼狐狸的行为越来越放肆大胆,人们遭受的损失越来越多。村里的人能捉到这只可恶的狐狸吗? 这只狐狸到底是什么样子的呢?

　　冬天到了,终于下雪了。村庄还在遭受着损失,人们对这只狡猾的魔鬼狐狸实在没有办法了。

　　仅一夜,寡妇柯尔特的一群羊就消失不见了,共有20只呢。当大家得知这个消息后,更加愤怒了。寡妇柯尔特一直哭个不停。于是,身体强壮的农夫们背上枪,顺着魔鬼狐狸在雪地上留下的脚印开始追踪。在一片白茫茫的雪地上,魔鬼狐狸留下的脚印十分清晰。大家心想,这次一定能够将这只可恨的狐狸铲除掉。①从寡妇柯尔特家到河边这段距离,魔鬼狐狸的脚印十分清晰,很明显,它是故意这样做的。这只狡猾的狐狸绕了很大一圈才来到河边,之后跳入寒冷的尚未结冰的河水中,但是到了对岸,它的脚印就消失了。经过大家的努力搜索,终于在河流的上游发现了一些模糊的脚印。之后,又在亨利家的石头高墙上发现了这些脚印,但是这里的积雪很少,所以对接下来的搜索没有提供任何帮助。但是,大家并没有气

名师按语

　　① 魔鬼狐狸故意留下脚印后又消失了,体现出它的狡诈。

名师按语

②乔能够指挥大家的行动,表示乔确实很有威望。

馊,他们更加仔细地搜寻,没有被狡猾的敌人蒙蔽。看来,这是一场持久战。到了公路上,大家的意见出现了分歧,一半人认为脚印是沿着公路朝上面去了,一半人认为脚印是顺着公路朝下面去了。

②正在争论得不可开交的时刻,旅店老板乔统一了大家的意见,率领大家朝着公路向下走去。走了一段时间后,他们发现前面有一些脚印,但是这些脚印与之前相比似乎大了一些,并且指向一个羊圈。但是,羊圈中的动物并没有遭到伤害。之后,这个狡猾的东西竟然沿着一个行人的脚印前进,因此,人们找寻起来十分吃力。当它重新回到公路上,走了一段时间之后,又沿着小路跑到了一户农夫家,而这个农夫家就是多利的家。

这一天,天气十分寒冷,天上正飘着雪花。乌利今天没有去牧羊,而是将羊群关了家里,乌利无事可做,无聊地躺在一块厚木板上休息。当大家向多利家靠近的时候,乌利警觉起来,开始发出咆哮声。它站了起来,开始在羊圈周围来回地走着。旅店老板乔继续向前走,当他看到乌利在雪地上留下的脚印时,他惊得目瞪口呆,于是激动地对大家说:"弟兄们,不用再找魔鬼狐狸了,原来凶手就是它!是它杀死了柯尔特家的羊。"说完他指了指乌利。

听了乔的话后,大家都感到很惊讶。有的人认同,有的人则建议再查看一下。就在大家争论不休的时候,多利从屋子里走了出来。

乔看到多利,愤怒地说道:"多利,你知道昨晚是谁咬死了寡妇柯尔特的 20 只羊吗?就是你的狗,你的大黄狗!"

多利听了乔的话,惊了一下,之后摇了摇头说:"不可能!怎么可能呢!我的狗是最好的牧羊犬,而且它十分喜欢羊,怎么会去伤害它们呢?"

"你一定要相信我,我已经调查得十分清楚了。"乔坚

小战马

定地说。

于是，大家将今天早上的追踪工作讲给了多利听，但是无论怎样，多利就是不相信。他十分激动地用手指着大家说：③"你们这是嫉妒！嫉妒我有一条这么好的牧羊犬！你们想将它抢走，于是策划了这场阴谋。你们真是太卑鄙无耻了！"多利激动得说话的声音直发抖。之后，他又说道："我的乌利每天都在厨房睡觉，早上的时候我才将它放出去，让它去看管羊群。它每天都在精心地呵护着我的羊，到现在我的羊都没有丢失过一只羊。"

听到乔如此地冤枉乌利，多利显得很激动，因为他不希望自己忠实的朋友受到不白之冤。但是其中一些人还是十分坚定地认为是乌利咬死了寡妇柯尔特家的 20 只羊。此时，站在一旁静静听着大家说话的赫尔达说出了一条妙计，大家才安静下来。

她说道：④"大家先不要争吵了，这样一直争吵也不能解决问题。这样吧，今晚我陪乌利在厨房睡觉，如果乌利出去，我就会知道，如果它没有出去，但是村庄里还是有牲畜被咬死，那只能说明乌利是冤枉的。"

大家听了之后，觉得赫尔达的计策很不错，于是都同意先这样做，明天再下结论。

当天晚上，赫尔达果然陪着乌利睡在了厨房的沙发上，乌利像往常一样睡在桌子底下。⑤夜色渐渐深了，乌利似乎很烦燥，翻来覆去地在桌子底下折腾，每次坐起来，看看赫尔达又趴下了。大约凌晨两点的时候，乌利再也控制不住了，似乎外面有一个声音在呼喊着它，它又站起身。

乌利先是向窗外看了看，之后又回过头看了看赫尔达。赫尔达正在沙发上熟睡着。乌利慢慢走过来，对着她的脸呼气，赫尔达没有反应；它又用鼻子碰了碰她，赫尔

名师按语

③面对众人的质问时多利的愤怒显示出他对乌利的信任和喜爱。

④赫尔达的建议显示出她不同寻常的智慧。

⑤乌利反常的表现暗示着它确实有什么问题。

名师按语

⑥面对乌利的反常表现，赫尔达虽然惊讶但并不想让乌利遭受不白之冤，可见她真心喜爱乌利。

⑦赫尔达焦灼的心态显示出她的紧张和对乌利的关心。

⑧乌利嘴上的血和它的动作表情都是证明它就是魔鬼狐狸的证据，赫尔达不得不相信。

达还是没有动。乌利又竖起两只耳朵，听着赫尔达的呼吸声，确定她是睡熟了，于是放心地走到窗口，轻轻地跳上窗前的桌子，用鼻子轻松地将窗户打开，之后跳了出去，窗户慢慢地落了下来。从这一系列的动作来看，乌利已经十分熟练了。

⑥赫尔达躺在沙发上吃惊地看着这一幕，她简直不敢相信刚才所发生的一切。过了一会儿，她确定乌利已经走远了，才从沙发上站了起来。她本想去告诉父亲，但又改变了主意，决定确定之后再告诉父亲。她望了望外面，外面漆黑一片，乌利确实走了。她向壁炉里加了一些木柴后，又躺在了沙发上。可是，一个小时过去了，赫尔达在沙发上翻来覆去怎么也睡不着，⑦她一边想着乌利到底干什么去了，一边听着厨房里面的动静，即使是一点儿声音也能引起她的注意。她想到，难道真是乌利咬死了柯尔特家的 20 只羊吗？不可能，绝对不可能，它平时对羊是多么地爱护呀！绝对不是它做的！她越想心里越难过，但是一切又令她感到十分困惑。

不知不觉，一个小时又过去了。突然，赫尔达听到了一些微弱的声音。在这漆黑、安静的夜里，这个声音越来越清晰，她感到很害怕。先是一阵摩擦窗户的声音，之后是窗户被抬起的声音，接着乌利就出现了，它从窗户外面钻了进来，之后跳下窗台。这一系列的动作都十分熟练和敏捷。

⑧借着微弱的壁炉中的柴火，赫尔达看到了乌利既凶狠又残暴的眼神，这种眼神是她从没有看到过的，感觉十分陌生。更令人感到恐怖的是，它的嘴与颈毛上有星星点点的红色，没错，那就是血！乌利走近赫尔达，但是赫尔达没有动，于是它钻进了桌子底下，开始舔舐自己的爪子和嘴的四周，还时不时地发出一些低低的声音，好像是在

为刚才发生的一切炫耀。

赫尔达看完这一切之后，她不再怀疑，认为乔的判断是正确的。此时，她的心情十分沉重，乌利是她最忠实熟悉的朋友，但是，现在对她来说，却是十分陌生。赫尔达极不情愿地接受了这个事实。突然，她想起来，原来人们传说中的魔鬼狐狸就是乌利，就躺在自己面前的桌子底下。她立刻从沙发上坐了起来，冲着乌利大声地喊道："乌利！原来这一切都是你干的！你就是那个魔鬼狐狸！我真不敢相信，哦，天呢！"

赫尔达的声音在这漆黑的夜晚回荡着。乌利露出了祈求的神情，它向紧闭的窗户看了一眼，之后老实地趴在地上，似乎在请求赫尔达原谅它。它开始慢慢地向赫尔达爬过来，想要去舔舐她的脚来表示悔过。⑨当它要舔到赫尔达的脚时，突然，猛地跳了起来，就像一只饥饿的老虎扑向赫尔达，想要咬住她的喉咙。赫尔达下意识地抬起胳膊挡着它的突然袭击，但是乌利锋利的牙齿已经咬到了赫尔达的胳膊，一阵寒气突袭她的全身。"救命啊！救命啊！爸爸，快来救我！快点儿来救我！"赫尔达一边挣扎着，一边尖叫着。

由于乌利的身体不是很沉重，所以，赫尔达不一会儿就将它推开了。现在，赫尔达已经知道，不能再信任这只黄狗了，因为刚才乌利的真面目已经暴露在赫尔达的眼前，乌利简直就是一只披着狗皮的凶恶的狼。

赫尔达继续呼喊着多利。⑩此时的乌利就像疯了一样，攻击着赫尔达——那个曾经陪着它玩耍、每天喂它食、充满爱意抚摩它的善良的小姑娘。赫尔达用尽全身力气来阻挡乌利的进攻，但是却无济于事。正在千钧一发之时，多利赶到了。

多利被眼前的一幕惊呆了，他还没来得及站稳，疯狂

名师按语

⑨乌利的行为凸显出它的残暴。

⑩乌利疯狂的行为再一次照应了前文，乌利早在被抛弃之初，就已经种下了疯狂的种子。

的乌利就向他扑了过来。他们扭打在一起，在地上来回地翻滚着。突然，只听"砰"的一声，乌利不动了，原来多利将一个铁炉子砸到了乌利的脑袋上。乌利趴在地上呻吟着，喘着粗气，全身不停地颤抖着。它曾试图站起来，但是终究没有站起来。它就要死了，死在这个给它温暖的屋子里，在这个屋子里，它度过了愉快的时光，由于忠实地工作，获得了主人的赞赏。但是，现在这一切都要结束了。

机智、勇敢、聪明、忠实、能干的乌利，在最后颤抖几下之后，永远地睡去了。

✦ 名师点金 ✦

⋯ 赏析·启示

乌利最后还是辜负了多利对它的信任，它就是让村民们恨得咬牙切齿的那只魔鬼狐狸。不仅如此，在身份被揭穿后，乌利还试图攻击一直照顾它的赫尔达。多利对乌利的信任，对它的关心和爱并未取得应得的回报。被主人抛弃的乌利内心充满了仇恨，但它最终为自己的行为付出了代价。好狗乌利变成了疯狗，谁又该为乌利负责呢？乌利的故事拷问着人心。

※ 学习·拓展

牧羊犬

专业从事放牧工作的犬，我们称之为"牧羊犬"。作用就是在农场负责警卫，避免牛、羊、马等逃走或遗失，也保护家畜免于熊或狼的侵袭，同时也大幅度地防止了偷盗行为。它不仅负责把家畜赶回家，也负责将牛羊赶到市场上进行交易，是农场主不可多得的也是必不可少的好助手。随着历史的发展，牧羊犬逐步受到各国皇室的喜爱，以至于上流阶层和普通民众都逐渐把它当成玩赏犬饲养。

宾果——
我忠实的朋友

第一章
宾果来到我家

名师导读

"我"因为亲眼见到柯利牧羊犬的优秀,对这种犬产生了兴趣,并因此买了一只柯利牧羊犬的幼息。"我"叫它宾果。"我"和它的缘分就从这里开始。

名师按语

①白描式的写法营造了悠闲的意境。

1882 年 11 月初的一天,曼尼托巴省的冬天刚到来。①我刚刚吃完早饭,由于无聊,便靠在椅子上休息,目光却悠闲地投向了小木屋的窗外。目光一会儿停留在一片白茫茫的草原和牛栏上,一会儿停留在一段刻有古老歌谣的木头上,那段古老的歌谣叫作《富兰克林的小狗》。如果你听过这首古老的歌谣,我相信,你一定会和我一样十分喜欢这首古老歌谣的旋律。当我正享受着这安宁的一刻时,突然,我的眼前出现了一个体形十分庞大的灰色动物,它急匆匆地从草原上跑过,我的悠闲的心境就这样被它搅乱了。它一直冲着牛栏的方向跑去,它的后面还跟着一个体形稍小的黑白相间的动物。我仔细一看,原来这个黑白相间的动物是邻居家的柯利牧羊犬,它正追赶着一只比自己还凶悍的狼。

"有狼!"我不禁大声叫了起来。于是,抓起来复枪就向外跑,去帮助那只牧羊犬。当我赶到牛栏附近的时候,它们都已经跑远了。②这时,狼转过头,想要对柯利牧羊犬发起进攻。但是,柯利牧羊犬十分机警,它一直与狼保持着一定的距离,在狼的周围来回走动着,眼睛紧紧地盯着狼,正在寻找机会攻击狼。

我向远处开了几枪,想吓唬一下那只狼,但所起的作用只是让它们再次奔跑起来。一段时间的追逐之后,勇敢的柯利牧羊犬咬住了狼的后腿,可是又马上松开了嘴,防止狼的疯狂反击。接着,它们又开始追逐起来。每跑几百米,这样的情景就会重现。虽然每次都是柯利牧羊犬占上风,可是狼也不是那么容易对付的,它变得十分愤怒。③狼想从东边的森林逃跑,但是柯利牧羊犬紧追不舍,它不停地与狼斗争着。跑了 1 000 米左右,我终于追上了它们,我的到来给柯利牧羊犬增强了信心,似乎它感觉到自己有了援兵,一步步向狼靠近,想要将狼尽快地解决掉。

大约几秒钟之后,战斗有了结果:柯利牧羊犬负伤流了血,但是它的嘴却紧紧咬住了狼的脖子,柯利牧羊犬战胜了狼,获得了最后的胜利。此时,我走上前,用枪结束了这条狼的性命。

柯利牧羊犬看到狼死了之后,转身走了,朝着对面大约有 6 000 米距离的一所房子跑去。

这真是一只十分厉害的牧羊犬,即使没有我的帮忙,它也能够战胜这只恶狼。④我确信这一点,因为我听说过它许多光荣的事迹,它已经战胜过好多条狼了,而且这些狼的体形与力量都比它大,在这种相差悬殊的情况下,它依然获得了胜利,可见它的勇猛。这个地区的狼都是属于生活在草原上的一类,虽然体形不是很大,但是相较与它,还是很大。

我十分佩服这只柯利牧羊犬,于是,也十分渴望拥有这样一个好朋友。⑤于是,我去找它的主人,希望用重金

名师按语

②作者通过行为描写,表现出了柯利牧羊犬的机警与智慧。

③此处表现出了柯利牧羊犬的坚韧不拔。

④用过往的经历佐证,更可见牧羊犬的勇猛。

⑤柯利牧羊犬的主人拒绝"我"的收购,更表现出这是一只好狗。

名师按语

将它买下来。但是,它的主人断然拒绝了我,因为他也认为找到一只这么好的牧羊犬是十分不容易的。我十分清楚,让他放弃这只牧羊犬是不可能的。但是他给了我一个十分好的建议:买一只柯利牧羊犬的幼崽。我听取了他的建议,买了一只柯利牧羊犬的幼崽,这只幼崽的父亲也是一只十分了不起的牧羊犬。我将这个又黑又小的幼崽放在手上,感觉它并不像一只小狗崽,更像一只小熊崽,我有一些失望。与柯利牧羊犬有一些相像的地方只有它背上的棕褐色斑纹,这表示它能够像它父亲那样优秀。它的脸上还有一个十分显著的特征——鼻子下面有一圈儿白环。

⑥从"我"为狗崽取名字的重视可以看出"我"对它的喜爱。

现在,我就是它的主人了。因此,⑥我要给这个可爱的小家伙取一个十分动听的名字,好听的名字是能够带来好运气的。由于看到它的时候,我正在哼唱着我最喜欢的歌谣《富兰克林的小狗》,因此,我就将歌谣中小狗的名字"宾果"给了它。我认为我与它的缘分是由这首歌谣促成的。

宾果开始在我的小木屋中生活了,它在这里过着自由自在的日子,每天除了吃就是睡,它的肚子似乎是一个无底洞,怎么也填不满。

⑦此处的细节描写使宾果的形象更加鲜明可爱。

⑦宾果一天天地长大了,但是感觉越来越笨,好像除了吃,就什么都记不住了——即使挨了打,也记不住不应该用自己的鼻子去碰捕鼠器。它经常向猫表示友好,但是总会被误解,最终在一场决斗中结束。猫明显记着这些不愉快的经历,但是没心没肺的宾果早就将这些事情忘得一干二净了。它总是高兴地去谷仓里睡大觉,而对刚才发生的事情,却一点儿也不记得了。

春天到了,到处一片生机,我开始对宾果进行严格训练。经过我的努力,宾果终于学会了一项本领,就是按照我的指令去寻找牛。

宾果似乎十分喜欢这项工作，每次，它将牛找回来都十分兴奋。只要听到我的指令，它就会像离弦的箭一样冲出去，然后欢快地蹦起来，寻找被自己看管的牛。宾果在牛的后面不停地撵着它们，直到它们都老实地走进牛圈，大多数情况下，它都能在短时间内完成这项工作。

宾果的能力确实很强，但是它的精力却过度充沛，这令我十分伤脑筋。⑧我对它十分宽容，但是它却越来越过分。当我没有让它将母牛赶回来的时候，它也将正在吃草的母牛赶了回来，它真是太沉迷于这项工作了，这令我感到很苦恼。它有时甚至一天不止一次地将母牛赶到公牛的牛圈里，我只好不厌其烦地将它们一次次再牵出来。随着时间推移，宾果对工作的痴迷越来越严重，只要宾果想活动一下，或者闪过某些想法，母牛就会遭殃了。一开始，牛群没有异常，有了宾果的看管，它们再也不会因为跑到远处去吃鲜嫩的青草而迷路了。但是时间一长，问题就随之出现了。母牛总是紧张地看着宾果，害怕由于它心血来潮而去折磨它们。早晨，母牛总是很不情愿地走出牛圈，因为它们十分不想在吃青草的时候被莫名其妙地赶回来。这种情况严重影响了母牛的进食量。于是它们一个个都消瘦了，产奶量也跟着下降了。

问题太严重了，我不能再这样放纵宾果了，它已经变成一只没有纪律的牧牛犬了。于是我采取了办法，就是让它待在屋子里，哪都不许去。一段时间后，它的行为收敛了一些，不再去追赶母牛。⑨但是，当我们挤牛奶的时候，它还会躺在牛圈外，看来，它的这个兴趣还是没有消失。夏天来了，蚊子也跟了来，牛是最讨厌蚊子的，为了驱赶蚊子，母牛的尾巴就会不停地左右摇摆。但对挤牛奶的人来说，它的这个举动比蚊子还要让人烦躁不堪，一个负责

名师按语

⑧此处反映了宾果活泼好动的性格；"我"与宾果之间的互动更是让人忍俊不禁。

⑨宾果的执着从此处可见一斑。

名师按语

挤牛奶的兄弟——弗雷德对此想出了一个好办法：在牛尾巴上系一块砖头。他似乎认为自己的方法十分好，但是别人看来，这个方法是不可行的。弗雷德此时正在给母牛挤奶，突然，"砰"的一声，弗雷德的脑袋竟然被系在牛尾巴上的砖头砸到了。弗雷德很生气，于是站起来，拿起自己坐的凳子，朝母牛身上砸去，旁观的人对此却是幸灾乐祸地大笑。此时，⑩人们的喧哗声惊动了宾果，宾果认为该是自己显神通的时候了，于是它风一样地冲进牛圈，攻击母牛，这时热闹的牛圈更加混乱——牛奶洒了一地，木桶和凳子都被撞翻了。最终的结果是宾果和母牛都挨了一顿打。

⑩此处一连串的动作描写，把宾果的调皮、牛圈的混乱场面精彩地展现了出来。

但是，宾果却想不明白自己为什么会挨打，它认为这是不公平的。这件事情发生以后，宾果决定再也不靠近牛圈了，之后，宾果就负责看管马厩和马匹了。

⑪宾果对工作分工很清楚，牛群是我的，而马群是我兄弟约翰的；既然调去看马，就该找约翰，因此它与我似乎出现了隔阂，不再与我整天形影不离。但是，如果出现紧急的情况时，它还是会来找我，我也会去找它。

⑪宾果是一只负责、忠诚的狗，它忠于自己的职务，因此才和"我"疏远了。

在这年秋天举行的卡伯里年会上，宾果再次担当牧牛犬的职务。这个年会，为了吸引很多人参加，设立了各种名目的奖项，其中，如果获得"最训练有素的柯利牧牛犬"的奖项，就可以得到两美元的奖金。

在朋友的怂恿下，我给宾果也报了名。在比赛时，宾果的搭档就是母牛。

裁判开始下达命令："把牛赶过来！"这个指令对于母牛来说是一个危险将至的信号，想要获得安全，就要拼命地跑回牛圈。但是，这个指令对宾果来说，却是进攻的号角，目的就是将母牛赶回自己的牛圈。⑫宾果与母牛在牧场上你追我赶，不一会儿就消失在人们的视线中，最后，

⑫宾果的获奖表明它还是一只很出色的牧羊犬。

在我家的牛圈里找到了这对老搭档。宾果因为它跑的路太远了最终获得了这个奖项。

名师点金

赏析·启示

与狼勇斗的柯利牧羊犬,赢得了作者的喜爱。于是作者买了一只柯利牧羊犬幼崽。作者用生活化的语言,把他的"朋友"的成长经历展现在读者面前。他的小狗宾果调皮,精力旺盛,完全颠覆了作者对柯利牧羊犬的想象。但作者仍然爱它,对它充满了期待。宾果大闹牛圈,宾果和母牛趣味横生的互动,宾果和作者之间的信任……文章把读者带进了一个人与动物和谐相处的美好世界里,画面温馨,让人心生向往。

※学习·拓展

柯利牧羊犬

柯利牧羊犬是一个代表柔韧、结实、积极、活泼的犬种,自然站立时,整齐而稳定;深且宽度适中的胸部显示出力量;倾斜的肩胛和适度弯曲的关节显示出速度和优雅;脸部显示出非常高的智商。柯利犬原产英国,它身体的每一部分都与其他部分及整体构成完美、和谐的比例,给人一种它就是自信的化身的深刻印象。

第二章
我相信了预兆

名师导读

　　动物与主人之间似乎存在着某种心灵感应,这种感应至今无法用科学的方式予以合理的解释。在"我"看来,宾果似乎具备这种能力。到底发生了什么事?"我"为什么会这样想?

　　我不是一个迷信的人,也从来不相信什么预兆。但是,后来发生了一件与宾果有关的事情改变了我的看法。

　　当时, 在德温顿农庄住的只有我和我的兄弟约翰两个人。有一天,约翰很早就起来去沼泽溪装干草了。从德温顿农庄到沼泽溪一个来回就需要一整天的时间。往常,宾果都跟在约翰的马车后面一起去, 但是这一次宾果反常地没有跟着。众所周知,宾果是十分喜欢马的。白天的时候,它总是跟在马群的后面跑;晚上的时候, 它就守在马厩的门口。无论马群跑到哪里,宾果都会跟到哪里,它们始终①形影不离。

　　但是这一次却十分奇怪,宾果站在门口看着马车渐渐消失,然后发出了令人备感忧伤的叫声。

　　一整天的时间,宾果都没有离开谷仓。这一次,是它第一次与自己喜欢的马分开, 它这个奇怪的行为引起了我的注意,从它悲伤的叫声中,我有了一种不祥的预感:

名师按语

①形影不离:像形体和它的影子那样分不开,形容彼此关系密切,经常在一起。

约翰肯定出事了。

时间一点点过去了，我的这种预感也越来越强烈。大约晚上六点的时候，宾果的号叫更加凄惨了。我听了感到十分烦躁，顺手抓起什么东西向它扔去。除此之外，我不知道该怎样使宾果不再号叫，使自己平静下来。

我被恐惧和担忧包围着。我有些自责，为什么让自己的兄弟单独去沼泽溪呢？不知道还能不能再见到他？宾果的一系列举动，都令我感到将要有可怕的事情发生。但是，令人高兴的是，约翰回来了。当看到他的马车出现在窗外的时候，我立刻冲出去迎接他，心里也平静了下来。我装出一副若无其事的样子问他："约翰，没发生什么事情吧？一切都顺利吧？"

②"哦，没什么事情。只是在半路上发生了一个小意外，马车翻了，差一点儿将我压住。"他回答说。

自从这件事情发生之后，我开始相信③预兆。对于这件事，我询问了一位在这方面很有研究的专家，他听了我的述说后，非常严肃地问我："宾果是总在危急的关头找你吗？"

"是这样的。"我笑着回答说。

"请不要笑了。那天它留下来实际是救了你的命，否则你就会有生命危险。"

小战马

名师点金

赏析·启示

　　本章中作者通过"预兆"这一主题,表现了作者与小狗宾果之间的牵绊。在适者生存的丛林法则中,动物锻炼出敏锐的观察力和感知能力存在于生活竞争激烈的大自然,它们对危险的感应能力要胜过人类。作者通过对宾果悲号的描写,凸显了宾果的感知能力,并把这种紧张的氛围推升到极致。结尾处,专家的解释,又让人为宾果对作者的感情而感动。所谓的预兆,皆源于至深的情感与难以割舍的牵绊。

※学习·拓展

沼　泽

　　沼泽 (wetland, mire) 是指地表过湿或有薄层常年或季节性积水,土壤水分几达饱和,生长有喜湿性和喜水性沼生植物的地段。广义的沼泽泛指一切湿地;狭义的沼泽则强调泥炭的大量存在。地球上最大的泥炭沼泽区在西伯利亚西部低地,它南北宽 800 公里,东西长 1800 公里,这个沼泽区堆积了地球全部泥炭的 40%。

第三章
宾果教育了我

·名师导读·

　　宾果让"我"见识到了动物们的"信息交流站";宾果友爱动物,颇具绅士风度,这使"我"也深受教育。不断学习才能收获良多,让我们看看宾果是怎么做的吧!

名师按语

①经过长时间的观察,"我"终于对动物的习性有了一定的了解。

　　在卡伯里村与我的小木屋之间,有一个大约面积3 000平方米的草地。草地中间是一个农场的角桩,这个角桩实际就是小土堆上立的一根粗木杆子,人们在很远的地方就能看到它。我发现,宾果每次来到这里,都会对这个角桩仔细地检查一番。后来,我还发现,不仅宾果喜欢这个角桩,附近的狗还有狼都很喜欢这个角桩,这令我感到很奇怪,因为这个角桩实在是太普通了。于是,我开始用望远镜观察这个角桩。这使我对宾果有了更加深刻的了解。

　　这个角桩似乎是一个犬类的"登记处",凭借着它们灵敏的嗅觉,就能立刻判断出最近一段时间有哪些同类来过这里。下雪了,周围白茫茫一片,这个角桩就更加突出了。事实上,这个角桩只是一个分界点。为了分清不同农场间的界限,农夫就在交界的地方每隔一段距离放置一个这样的标志,这些标志不一定是粗木杆子,还有石头、水牛的头盖骨,等等,但无论是什么,最重要的就是醒目。①经过长

小战马

时间的观察，我发现几乎所有的标志物都是狗或者狼发布信息的场所，而每只狗或者是狼都会到各自附近的标志物那里去获得信息，看看最近有谁来过。我就看到过宾果从角桩获得信息的情形。②它绕着角桩闻来嗅去，还不时地检查周围的地面，之后开始号叫起来，身上的毛全都竖了起来，两只眼睛闪闪发光，两只后脚使劲地刨着地，最后走开了，离开的时候还不断地回头，似乎在说："一定是那只麦卡锡狼，这只肮脏的家伙，我今晚一定要去找它算账。"

这次事件之后，宾果对狼的踪迹开始感兴趣。它似乎总是在研究着狼的一些东西，而且还在自言自语。我认为它在说："北方野狼的味道可真恶心，闻起来有一股死母牛的味道，如果这是真的，那么波尔华斯家的老母牛一定是被狼吃了，我要仔细调查这件事情。"

有时，宾果会跑去另一个标志物站点，因为那里可以得到新的消息。但有时它收到消息后，心情会十分沉重，好像在说："这到底是谁呢？"又仿佛在说："去年夏天的时候，这个家伙好像在波蒂奇出现过。"还有几次，宾果会在角桩的周围一遍遍地转圈，并且十分高兴地跑来跑去。它的这种情形似乎是在庆祝它的兄弟比尔从布兰登回来。如果它的兄弟比尔来了，晚上的时候，它就会将比尔带到山里去聚会，款待它兄弟的是一根十分美味的肉骨头。

1884年的秋天，由于德温顿农庄的小木屋被封了，因此宾果不得不搬家。它的新家被安置在邻居戈登·赖特的马厩里。实际上，宾果并不喜欢在屋子里休息，除了雷阵雨的天气，它更喜欢外面。

③宾果之所以喜欢在外面过夜，是因为在外面可以自由自在，没有人管束。午夜时分，它会在广阔的草原上自由地奔跑、嬉戏、玩耍。但是对于雷声与枪声它还是很

惧怕的。

如果有马或者牛被冻死，宾果在晚上一定会出现在那里，将前来吃食的恶狼赶跑，之后自己美餐一顿。④虽然有些时候狼群会袭击狗，但是宾果却一点儿都不害怕，因为它喜欢夜晚自由自在地奔跑，即便夜晚是属于狼的活动时间，但是宾果依旧会出去。在草原上有一只母狼领着三只小狼，小狼与母亲很相像，但就是没有母亲体形大，颜色黑，还有一点就是母狼的颈部有一圈儿白色的毛。在三月末的时候，我亲眼见到了那只母狼。

那天，我们正坐着雪橇，宾果跟在后面。此时一只母狼受到了惊吓，突然从洞里跑了出来，宾果立刻追了上去。⑤那只母狼跑得并不快，宾果很快就追上了它，但是，它们并没有发生战争。更令我感到奇怪的是，宾果竟然与它并排跑起来，而且还十分亲昵地舔了舔她的鼻子。于是，我们呼喊起来，喊声使母狼几次飞快地跑起来，宾果也跟着飞快地跑起来，但是依然表现得十分温柔。"怪不得宾果不伤害它，原来那是一只母狼。"我突然恍然大悟地说道。

"什么？怎么会这样？"戈登不明白。

我将宾果叫了回来，宾果表现得十分不高兴。

之后的几个星期里，我们都在为这只母狼而感到烦恼，因为它咬死了许多只鸡，又偷走了许多猪肉。更令人气愤的是，有几次，这只狼趁着大人不在家，偷偷地从窗户钻进了屋子里，把孩子们吓得直哆嗦。但是，宾果对这只狼的侵袭却熟视无睹。⑥后来我们将母狼杀死了，主要出力的是奥利弗，当宾果知道后，对奥利弗表现出了长久的敌意。以上这些就是宾果教我的。⑦它不仅教会我怎样去认识动物之间的语言，还教会我要对其他动物充满爱心，例如母狼。

小战马

名师点金

赏析·启示

　　本章作者通过细节描写、想象、联想等手法,把宾果的善良、聪明、勇敢等品质表现了出来。我们看到宾果长大了,它不再是一个顽皮的"孩子",它充满了智慧。它能从气味中分辨信息,在角桩那里得到很多有用的信息,为"我"挽回了很多不必要的损失。它对其他的动物充满怜悯,面对来农场觅食的母狼,它表现出了前所未有的友善。宾果教会了"我"很多东西,很多"我"应该铭记却忘记了的东西。

※学习·拓展

狗和气味

　　狗狗不是通过味道来判断食物的,决定能不能吃的是气味。狗狗的鼻子要比人类的灵敏5~10倍。不光是吃的东西,自己的地盘,是不是自己熟悉的人,都是通过气味来判断的。说狗狗是通过嗅觉来"看"周围世界的,一点都不为过。刚生下来的小狗仔能够吮吸到母狗狗的乳头,靠的也是嗅觉。因为它们的眼睛还什么都看不到,耳朵也听不到,只能依靠发达的嗅觉来探索乳头。

第四章
爱我就要爱我的狗

名师导读

北方的印第安部落有这样一句谚语:爱我就要爱我的狗。宾果害死了"我"朋友的狗唐,又间接害死了戈登的狗柯利,在这个十分重视狗的地方,宾果的命运会怎样呢?

名师按语

① 举例说明了狗对人的重要性。

①北方的印第安部落,十分喜爱狗,如果一个家族的狗被另一个家族杀害了,那么这两个家族就会因此而结下仇恨,更甚者会因此决斗而家破人亡。在我们中间还没有发生如此严重的事情,但是会因为狗打官司、结怨。这些都证明了一句话:"爱我就要爱我的狗。"唐是我的好朋友非常喜欢的一只猎犬。我很喜欢我的这位朋友,因此爱屋及乌,也非常喜欢唐。有一天,不知什么原因,唐浑身是伤地爬回家,不久便死去了。我的朋友很难过,也很气愤,发誓要为唐报仇。我十分支持他,并参与了为唐报仇的行动。我们通过蛛丝马迹开始追查凶手,渐渐有了眉目。谁是凶手越来越清晰了,我们都迫不及待地希望这个凶手得到应有的惩罚。

有一天,戈登·赖特悄悄地对我说:"我知道杀死唐的凶手是谁,就是宾果。"他的话使我大吃一惊,我不相信宾果会做出这样的事。虽然之前我将宾果送给了戈登,但是

小战马

作为主人的责任感还存在。我不想因为这件事情与自己的好朋友决裂，但更不希望宾果受到任何伤害，因此事情就这样②停滞不前了。

③戈登与奥利弗既是邻居，又是合作伙伴，他们曾签署过一份伐木合同，冬天也会在一起工作。但是不久前发生的一件事情，让他们的关系发生了改变。有一天，奥利弗的老马突然死去了，但是却查不出原因，奥利弗于是开始想如何利用这匹死马赚到更多的钱，他终于想到了一个好办法。他将老马拖到广阔的草原上，又在死马的周围放上有毒的食物，吸引狼群来吃，用死马来抓活狼。出乎意料的是，那天晚上狼群没有被吸引来，却吸引来了宾果。④可怜的宾果，它虽然向往狼一样自由自在的生活，但是这种生活也给它带来了多次灾难。与宾果一同去的还有戈登家的狗柯利，柯利到了那里就迫不及待地大口大口吃了起来。通过观察周围的痕迹，我们能够想到这两条狗是如何享用美餐的，之后又是如何毒发、如何勉强回到家中的。由于柯利吃得比较多，因此中毒也比较深，回到家之后它趴在戈登的脚边一直抽搐着、挣扎着、呻吟着，最终在痛苦中死去。

"爱我就要爱我的狗。"发生了这样的事情，解释与道歉是不能解决问题的。⑤在柯利死前的惨痛的哀号声中，仇恨就已经无可挽回地形成，戈登与奥利弗的所有关系都破裂了，即使是在今天，也没有任何一个人能化解他们之间的仇恨。由于中了毒，宾果也很虚弱，直到春天来临，它才渐渐好起来。重又精神焕发的宾果，成了戈登心中的安慰，但也变成了邻居们的心病。

后来，我离开了曼尼托巴省。两年之后，也就是1886年，我又回来了。宾果依然是戈登家的一员。我已经离开宾果两年了，我以为它已经将我忘记了，但它并没有。

名师按语

②停滞：因为受到阻碍，不能顺利地运动或发展。

③用两人之前良好的关系和之后的关系做对比，突出狗对人的重要性。

④对于宾果来说，这也许就是自由的代价。

⑤两人因为狗而决裂，反映了这里的人对狗的至深感情。

冬天刚刚来临，宾果在失踪两天之后又回到了戈登的家。它刚一进门，我们就发现它的脚被一只捕狼器夹住了，而且那只脚已经冻得僵硬，就像是一块十分坚硬的石头。由于疼痛，它变得十分凶猛，因此没有人敢上前去帮它拿掉捕狼器。这时，我毫不犹豫地走到它跟前，俯下身子，一只手拿掉捕狼器，一只手帮它揉脚。但它没有领情，反倒一口咬住了我的手腕。我没有反抗，只是温柔地说："宾果，你忘记我了吗？"它似乎听懂了我说的话，松开了嘴，没有再咬我，也没有做出任何不友好的举动，只是一直因为捕狼器被拿下来时的疼痛而呻吟着。虽然我离开了两年，宾果也已经成为戈登家真正的一员，但是它依然记得我。我虽然将宾果交给了别人，但是在我的心目中依然认为宾果还是我的狗。

名师点金

赏析·启示

　　"爱我就要爱我的狗"，本章以此为主旨，揭示了人与狗的感情。作者开篇点题，首先介绍了北方的印第安人对狗的重视，并以真实的例子佐证了这句谚语。宾果使"我"陷入了两难。它害死了好友的狗唐。在道德与感情之间，"我"选择了感情。这反映了"我"对宾果的感情已经超越了友情。在作者直白的叙述中，"我"与宾果的感情再次得到升华。这种感情没有时间的限制，没有空间的距离。这源于信任，源于真诚。

※学习·拓展

捕 狼

　　在很多文明中都曾出现过大规模捕狼的时期，这是因为狼对畜牧业有很大的威胁，大规模的狼群不仅威胁着牲畜的安全，甚至威胁到人类的安全。在生产力不发达的时代，人和狼之间的矛盾是很难调和的。在北美、在中国都出现过有组织的大规模捕狼活动。然而，随着时代的进步和狼的数目的减少，捕狼早已被法律禁止了。如今，狼作为保护动物依然被人类关注着。

小战马

第五章
宾果救了我

名师导读

"我"在捕狼的过程中不幸落入了捕狼器,求助无门,只能等死。这时候宾果来了,"我"跟宾果分隔那么长的时间,它还记得"我"吗?"我"能得救吗?

肯尼迪草原位于树林与村庄之间,行人很少,是捕获猎物的一个绝佳的场地。我经常到这里来狩猎,一般情况下都收获颇丰。晚春四月的一天,我骑着马又来到这里例行巡视。

①我的捕狼器质量非常好,它们都是用上等的钢材制作的,而且每个捕狼器都有两个弹簧,每个弹簧能承重45千克。我绞尽脑汁才将捕狼器安放好:先将它们四个编排一组,然后放在隐藏着的诱饵周围,又将它们牢牢地固定在不显眼的木头上,最后再覆盖上棉花和一些细沙。经过上面这一系列的安置,捕狼器就不容易被发现了。在这次巡视中,我看到一只狼被一组捕狼器捕到了,于是我用棍子将这只狼打死,又重新将这些捕狼器安放好,然后将捕狼器的扳手向我的马的方向扔过去准备离开此时,我看到捕狼器周围有一些散落的沙子,于是就伸手将沙子铺好,想让这些捕狼器更隐蔽一些。但是,我的这个举

名师按语

①此处为下文埋下伏笔。

名师按语

②这段细节描写描述了"我"是如何一步步陷入窘境的。

动却使我受到了伤害，我忘记了在那些沙子的下面也有一个捕狼器，它紧紧地夹住了我右手手指关节以上的部位。②我并没有惊慌，而是想办法将扳手拿过来。我向马的方向伸长左脚努力地去够扳手，但是由于地势的原因，我看不到扳手的具体位置，只能靠脚摸索着去感觉。我的左脚在地面上来回地划动着、搜寻着，由于注意力都放在寻找扳手上面，没有在意其他事情，当又一次的剧痛袭来时，我才知道，我的左脚被另外一个隐藏的捕狼器夹住了。

我发现无论怎样努力都无法摆脱任何一个捕狼器，也不能将这些捕狼器从地面上拔起来。我无力地躺在地上。虽然现在已经是四月，我不会被冻死，但是想要获救还是一件十分困难的事情。因为这个季节没有人会来这里，而且我走的时候也没有告诉家里人我要去哪里。获救的唯一可能性就是自己挣脱捕狼器。也许我会被狼吃掉，或者是活活地饿死。这两种死法都使我感到恐怖。

太阳落山了，天色越来越暗。百灵鸟正在欢快地唱着歌，但是我却感觉这歌声十分沉闷。我在地上已经躺了一段时间了，我的胳膊开始麻木，也开始感到寒冷。我此时幻想着在戈登家的餐桌上一定摆满了丰盛的晚餐，而且滚烫的油锅中还在煎着四处飘香的猪肉。

③此处与下文形成对比，突出宾果的勇敢与机敏。

③我的马依然站在那里等着驮我回家，它也许会对我躺在地上这么久而感到不解。我向它呼喊，想让它来救我，但是它只是回头看了看我。如果它能够独自回到戈登家中，大家看到只有它单独回来，也许就能知道我遇到危险了，就会来救我。但是它不知道这样做，只是在那里一个小时又一个小时呆呆地等着我。④夜幕降临，天越来越黑。我听到了三声此起彼伏的狼叫声。我没有听错，有三只狼正在向我靠近。我的马也听到了狼的叫声，于是走到我身边注视着我，但我依然只能无助地躺在地上，狼的叫

④漆黑的夜，危险的狼，"我"的糟糕处境——作者用环境描写为读者营造了十分紧张的氛围。

小战马

声越来越让人感到恐怖，也许我马上就会被这三只狼吃掉。又过了一段时间，狼终于来了，我的马立刻向它冲过去，想要用脚将它们踢走，但是没有用，狼不害怕。它们大摇大摆地来到我身边，然后坐了下来。其中一只狼去拖动被我用棍子打死的那只狼。我开始大声地喊叫，它被我的声音吓住了，后退了几步。我的马由于惊慌，跑到了很远的地方。狼又过来了，我又开始大喊，它们又被吓退了。这样几次下来，狼似乎已经知道了我的处境，任凭我再怎样呼喊，它们也不再害怕，大胆地将那只死狼拖走了，在几分钟之内就将它吃掉了。

　　吃完了那只死狼，这三只狼将注意力转向了我。一只胆子很大的狼靠近我，嗅了嗅我的来复枪，又开始在我身边来回走动。⑤此时我绝对不能示弱，我用右脚踢它们，发出怒吼声吓唬它们，这招起作用了，它们被吓到了，退缩了。但看我一直都躺在地上不动，于是不再害怕，三只狼都跑过来，冲着我的脸号叫。我已经被它们包围了，我想，我很快就会被它们吃掉了。

　　正在我气馁的时候，远处又传来了一声号叫，我看到一只更大的黑狼向我走来。真是屋漏偏逢连夜雨，三只狼已经足够了，又来了一只更大的，看来我这次是彻底完蛋了。

　　那只黑狼凶猛地跑了过来，狠狠地咬住其中一只狼的喉咙，不一会儿这只狼就死掉了。接着，它转向了我。⑥我太害怕了，觉得眼前一黑，失去了知觉……

　　我清醒过来时，并没有感到剧烈疼痛，于是慢慢睁开眼，看到大黑狼竟然是宾果。哦，宾果！我亲爱的宾果！真是太出乎我的意料了。宾果看到我睁开眼，就舔我冰凉的脸，还用它那温暖的身子在我的身上蹭来蹭去。⑦"我忠实的宾果，快点儿将拆捕狼器的扳手拿过来。"它并没有听懂我的话，而是将来复枪叼来了。

名师按语

⑤通过动作描写反映了"我"的坚强。

⑥宾果救了"我"。前文曾提过宾果能感应到我的危险，此处再次得到印证。

⑦此处仿佛又回到了往昔，"我"与宾果的相处永远是这么轻松有趣。

名师按语

"宾果，我不要来复枪，我要的是扳手。"我笑着对宾果说道。

这次它拿对了，并得意地向我摇着尾巴。经过一番努力我摆脱了捕狼器的束缚，终于自由了。这时，宾果将马带到我身边，我一跃上马，宾果跟在后面，向戈登家的方向跑去。到了戈登家，在我诉说完我的经历后，大家都不敢相信这是真的，因为那天晚上宾果的行为很怪异，大家都感到很奇怪。⑧戈登说，昨天晚上，宾果一直边转圈边号叫，即使将它抓起来，它还是会挣脱。最后冲进茫茫的夜色中消失了踪迹。大家都不知道它去了哪里。宾果的及时出现，使我摆脱了危险，因此我才能站在这里向大家讲述昨晚的经历。宾果真是太了不起了，简直具有超能力！每当我遇难的时候，它都会神奇地出现，我知道，这是我与宾果之间一种奇妙的心灵感应。

⑧宾果对"我"的危险的预知，反映了它对我有着深厚的情感。

第二天早上，宾果看都没有看我一眼就从我身边飞快地跑出去了，但是我知道，它的心里一直有我。之后它还是过着自由自在的生活，在草原上任意地奔跑。它总是能找到冻死的牛或者马让自己饱餐一顿。虽然有时候也会吃到有毒的食物，但到最后都能逢凶化吉。

我十分清楚地记得宾果最后一次来找我。

⑨叶落归根，宾果在生命的最后一刻来找"我"，"我"却错过了挽救宾果的时机。此处饱含了"我"深深的遗憾与懊悔。

⑨那次，宾果又吃到了有毒的肉，由于毒性发作得很快，它飞奔着来找我，而没有去找戈登。很遗憾那天我没有在家。第二天，当我回家的时候看到宾果正躺在门口的雪地上，它已经死了。它的脑袋靠在童年时候就陪伴它的门槛上，神情十分安详，似乎一点儿痛苦都没有。我将它紧紧地抱在怀里，眼泪止不住地流了下来。我最忠诚的朋友宾果，就这样离开了我。在它弥留之际它想得到我的帮助，但是我却没能帮上，没能陪它度过生命的最后一刻，我感到十分遗憾。

名师点金

赏析·启示

宾果的死让"我"十分伤心,"我"和宾果的感情极其深厚,更何况宾果还救过"我"的命。当"我"身陷捕狼器,一个人在三条狼的围攻下等死的时候,是宾果出现救了"我"。本章大部分的篇幅用在了描写宾果是如何救下"我"的,虽然故事的结局并不美好,却让我们看到了人和狗之间深厚的情谊,感受到了人和动物之间的爱。

※学习·拓展

马钱子

马钱子,马钱科马钱属植物。乔木,枝条幼时被微毛,老枝被毛脱落。叶片纸质,近圆形、宽椭圆形至卵形,性味苦、寒。有毒。种子极毒,主要含有马钱子碱和番木鳖碱等多种生物碱,用于健胃药。在捕狼盛行的时期,很多捕狼人会用马钱子的种子做成毒药捕捉狼,但也有很多猎狗和其他家畜因为误食含有毒药的食物而死。

小战马

青少年美绘版经典名著书库

第一章
小战马与灰狗

名师导读

当你听见"小战马"这三个字的时候,你会怎么想?一只优秀的马,也许立过战功,或者……你若是这样想,就错了。

名师按语

①此处可见小战马的跳跃能力十分强。

②壕沟:这里指沟,沟渠。

小战马不是马,而是一只长耳朵的野兔。它这个威风的绰号是因为在赛场上的出色表现得来的。小战马交际广泛,冠军镇上的每只狗它都很熟悉,并且都和它们赛跑过。有一只棕色的大狗曾经追过它好多次,但它都机灵地从小栅栏的小洞里逃脱掉了。但是这个小栅栏的小洞却不能阻止一只小狗的追击,因为这只小狗的体形很小,也能从那个小洞钻过去。①当这只小狗追小战马的时候,小战马就会改变逃跑的路线,径直跑向一个足足有6米深的一个陡峭的大②壕沟。壕沟里面的水流十分湍急,两侧还有岩石。小战马可以十分轻易地跳过这个壕沟,但是小狗不能。因此这个壕沟成为小战马抵御小狗的天然屏障,男孩子们将这个壕沟叫作"长耳野兔的一跳"。但还是有十分厉害的狗。有一只灰狗,小栅栏的小洞和这个壕沟都不能阻挡它,因为它比小战马跳得还要高、还要远。这只灰狗也曾追过小战马很多次,每次小战马都要东躲西藏

很费力地去摆脱它。只有在欧萨奇人的树篱下，小灰狗才能够知难而退。镇里的狗给小战马带来了很多的烦恼，但由于小战马跑得很快，因此空旷的地方就是它的地盘了，在这样的地方，它可以轻易地将大狗或者小狗都远远地甩在后面。

虽然小战马跑得快、跳得远，但它还是有一个劲敌，那就是灰狗。③有一次，灰狗追逐它，它差一点儿就丧了命，但是现在回想起来，它却认为那是一次十分有趣的冒险经历。由于夜晚敌人少且易于躲藏，所以小战马喜欢晚上出来觅食。此时正值冬天，一个寒冷的早上，小战马正在三叶草里悠闲地散着步。它突然看到了灰狗，同时灰狗也看到了它，灰狗迅猛地向小战马扑过来。由于刚下过雪，周围白茫茫一片，这使得小战马无处躲藏，它只能转身拼命地跑。

小战马与灰狗在雪地上狂奔起来，前面一个左躲右闪，拼命跑，后面一个紧追不舍，拼命追。它们的脚踩在雪地上发出"噗噗"的声音。④这一次的处境对小战马十分不利，它害怕寒冷的天气，而且柔软的雪地阻碍了小战马奔跑的速度，它又刚刚吃了一肚子的三叶草，不是很灵活。因此灰狗占了很大的优势。尽管这样，小战马还是拼了命地在雪地上奔跑，它的脚每一次着地都能朝后扬起许多雪花。很长时间过去了，灰狗依然在追逐着小战马。逃跑的路上小战马一直在寻找可以躲藏的树篱，但是一直没有找到。当小战马每次试图靠近看上去能躲藏的树篱时，灰狗都会机敏地拦住它。小战马想，这个家伙真是太难对付了！它突然改变了逃跑路线，开始向东边一个空旷的牧场跑去，看来它已经有了摆脱这个家伙的好办法了。

⑤小战马向东边跑去，灰狗也向东边追去，在它们相

小战马

距 50 米的时候,小战马突然一个急转弯,将它与灰狗之间的距离拉大了。之后,小战马开始跑蛇形线,一会儿向左冲去,一会儿向右突围,把灰狗弄得晕头转向。它们跑到了一个大农舍的前面,这个农舍围着高高的木栅栏,栅栏上面还有一个大洞,不过小战马不敢钻进去,因为它的另一个劲敌大黑狗住在这里。大黑狗十分凶狠、残忍,还长着四只强健有力的腿。好几次小战马都差点儿命丧它的爪下,因此十分惧怕它。

但是在这紧急时刻没有其他办法,小战马还是钻进了农舍,机敏地藏了起来。⑥灰狗钻不过去,就后退了几步,竟然跳过栅栏进入了农舍。但是由于太用力,它竟然跳到了母鸡堆里。母鸡都被惊吓到了,开始拍打着翅膀乱叫,四处逃窜,这惊动了大黑狗。大黑狗急忙赶过来,小战马则趁此混乱的局面又从那个洞钻了出去,顺利地逃跑了。那只灰狗怎么样了,小战马不知道。但是自从这件事情之后,灰狗就再也没有追逐过小战马。

⑥此处运用细节描写,反映了小战马的机警。

名师点金

赏析·启示

　　小战马跑得快,跳得高,因此在一次次被追捕的过程中总能全身而退。即便面对自己最难缠的对手——灰狗时,它也毫不慌张,小心谨慎地应对,最终让灰狗倒了大霉。故事的第一章通过小战马和敌人的交手表示出了这只长耳兔的不平凡,揭示了小战马这个名字的由来。小战马的故事告诉我们,没有弱小的人,只有弱小的灵魂。人最大的敌人就是自己,战胜自己,明白自己有哪些优势,才能获得成功。

※学习·拓展

兔　子

兔是哺乳类兔形目兔科下属所有的属的总称,俗称兔子(Rabbit),生物学分类为动物界脊索动物门脊椎动物亚门哺乳纲兔形目。

短尾,长耳,头部略像鼠,上嘴唇中间裂开,尾短而向上翘,后腿比前腿稍长。善于跑步,成语有云"静如处子,动如脱兔"。兔性情温顺,可爱机敏,胆子小。

第二章
小战马的颜色

名师导读

　　生活在大自然中的小战马确实是一只不平凡的兔子,而生活在人类干预的环境中除了它高超的奔跑躲避能力外,小战马还有哪些厉害的绝招呢?

　　许多农民开始在卡萨多安家落户,这使得长耳野兔的生存状况发生了很大的变化。在以前,无论是老鹰的袭击,还是恶劣的天气,或是传染病的侵袭,它们都能够安然无恙地度过。但是,这一次所面临的灾难将是前所未有的。

　　刚开始的时候,农民大肆猎捕野兔的天敌狼、鹰、狐狸等,它们的数量急剧下降,这使得长耳野兔的数量成倍增长。①但此时却爆发了瘟疫,许多长耳野兔都死掉了,只剩下一些身强力壮、抵御住瘟疫的长耳野兔活了下来。长耳野兔的数量开始急剧地下降,但后来事情又发生了转机。

　　农民在修建房子时,建了许多桑葚树栅栏。②这些桑葚树栅栏是长耳野兔最佳的隐蔽场所。当猎狗追赶它们的时候,它们就可以钻进这些栅栏里,再等待时机逃跑。这种用桑葚树围起来的农场是长耳野兔们很好的隐藏场

名师按语

①说明长耳兔数量急剧减少的原因。

②表现出长耳兔的生存智慧。

③ 用小战马的妈妈"大眼睛"的出色映衬出小战马的优秀。

所。以前这些野兔都活不过一个季节，现在它们的寿命越来越长，数量也随之增加起来。

③"大眼睛"就是其中的一只，因为它的眼睛在树丛中特别亮，因此有了这个绰号。大眼睛十分擅长跑步，它最大的本领就是摆脱山狗的追击。它把家安在了一个广阔的牧场上，它的孩子也都是在那里出生、长大的。其中一个孩子继承了大眼睛全部的能力，这个孩子就是我们的主人公小战马。

小战马可谓是远近闻名的长耳野兔。它继承了前辈的方法，利用栅栏躲避敌人的追击，还自创了一个方法来摆脱天敌的袭击，那就是借助陌生人来对付天敌。

小战马小的时候在田地与农场上经常受到山狗的追击，而农民和家犬就会帮助小战马摆脱山狗的追击。小战马把这种追逐当作是一场有趣的游戏。可是有一次，被山狗追击时，跑过一个又一个栅栏，但始终都没有看到能够帮助它的农民。于是，它开始慌张起来，毕竟它那时还很小，经验也不是很多。后来，它跑到欧萨奇人的栅栏前，见到一个小洞，便钻了过去。栅栏里面是一片开阔的牧场，有十几头大牛领着一头小牛在那里吃草。山狗也跳进了栅栏里，它仍然紧追不舍。

动物都有一种在危机的时刻向陌生人求助的本能。

④ 拟人化的描写，使动物的形象更加生动丰满。

④ 小战马飞快地向牛群跑去，这是它唯一的获救机会。实际上，牛与兔子之间没有任何关系，但是看到一只体形小的兔子被一只大山狗追逐，它们便觉得不能坐视不理。要知道，牛与狗之间有着复杂的恩恩怨怨。大牛们的鼻子里发出愤怒的声音，尾巴与耳朵都翘了起来，接着，一头母牛带着其他的牛向山狗冲了过来。小战马趁机躲进了旁边的灌木丛中。

山狗看到一群牛向自己狂奔过来，立即惊慌起来，定

小战马

了定神之后,它竟然要去攻击一头小牛,母牛们更加气愤了,于是紧紧地盯住山狗。山狗差点儿命丧这个牧场。

从颜色与能力上就能够看出小战马是一只不同寻常的长耳野兔。

通常情况下,动物的颜色都会有两种:保护色和警戒色。保护色使动物身体的颜色与周围环境的颜色十分相近,易于藏身;警戒色使动物身体的颜色比较鲜艳,特别容易被识别出来,给敌人一种威慑。长耳野兔上同时具备这两种颜色。当它们隐藏在草丛里或者是土沟里时,它们身体的颜色就会与这些环境的颜色融为一体,使敌人不易发现它们。它们一旦被敌人发现的时候,身体的颜色就会立刻发生变化,耳朵、腿、尾巴都会变成白色,而脚和尾巴尖儿就会变成黑色,它们立刻会变成一只黑白相间的长耳野兔。

长耳野兔为什么会在敌人追击它们的时候变成这种颜色呢? 这当然是有原因的。如果接近长耳野兔的是同类,它们就能立刻认出自己的同伴;如果接近它们的是敌人,那么这种黑白相间的颜色就会警告敌人:你在追逐的是一只长耳野兔,它们跑得很快,不易被追上,快点儿放弃吧,否则就是在浪费时间。

小战马这种颜色变化十分明显,当它坐着的时候,身体是灰色的,就像木炭一样;当它被敌人追击时,身体就会呈现黑白相间的颜色,最后雪白的冠毛会迎风飘动,直到敌人知难而退不再追逐它。

⑤农民们都知道,想要抓到一只灰色的兔子是十分容易的,但是想要抓到一只黑白相间的兔子却是十分不容易的。人们追逐黑白相间颜色的兔子简直就是在浪费时间,当你追逐它们时,它们会认为这是一场十分刺激有趣的游戏。小战马与其他动物一样,也有自己的地盘。它

名师按语

⑤此段侧面描写反衬了兔子的奔跑能力。

名师按语

⑥"狡兔三窟"在小战马的身上有了最真实的体现。

⑦小战马毫不介意和人类居住在一起，凸显了它与生俱来的冒险精神。

的地盘是从村庄的中心向东延伸大约 5 000 米之内的地方。这里有许多矮树丛和禾草堆，利于兔子们藏身，因此下面有大量兔子洞。有些兔子洞的方向是朝向北面的，一年几乎都晒不到太阳，十分阴凉；而有些兔子洞的方向则是朝向南面的，一年四季都比较暖和；有些兔子洞的方向是朝向西面的，而且还覆盖着厚厚的草，能够起到防潮的作用；而有些兔子洞的方向是朝向东面的，它们十分深，而且进洞的道路十分曲折，是最佳的隐蔽场所。⑥白天的时候，小战马会在自己的几个房子中穿梭；晚上的时候，它就会出来和同伴们一起嬉戏、玩耍、觅食。当黎明快要到来的时候，小战马就会根据当天的天气选择进入哪个朝向的房子里去。

农场对于长耳野兔来说，是比较安全的地方。欧萨奇人的树篱、农民的渔网等都成为它们躲避敌人的天然屏障。在这里，它们的天敌的数量正在变得越来越少，人类却成了它们最大的威胁，狗和枪对它们的伤害是最大的。⑦小战马却不害怕这些，它更喜欢冒险与挑战，它甚至在人们的菜园中安了一个家，这对于了解它的人来说，并不是一件稀奇的事情。因为他们知道，对于小战马来说，危险越大，惊喜就会越多。当它遇到危险需要逃命的时候，栅栏上随时发现的洞都能够使它逃脱，而且它的脑子里还有大约 40 个为逃脱准备的上等计策。

小战马

名师点金

赏析·启示

　　本章作者先从优胜劣汰的角度，描述了长耳兔的生存环境；再从遗传学的角度，阐述了小战马一身本领的由来；又从动物的保护色入手，介绍了长耳兔的行止。灰色的兔子易得，黑白相间的兔子难抓。好战的小战马毛色常常是灰白相间的，它喜欢追逐，喜欢刺激，有一种与生俱来的冒险精神。但它又是谨慎的，人说狡兔三窟，小战马远远不止。这是它冒险生活中的助力，可以让它随时摆脱危险。学学小战马，勇敢地大步往前走，但也别忘了给自己留有退路。

※学习·拓展

动物的保护色

　　动物外表颜色与周围环境相类似，这种颜色叫保护色。很多动物有保护色，类似豹子的花纹和青蛙的绿皮肤。还有动物不少会变色。但最高境界是拟态，不只是颜色，连外型都完全变了（颜色、外形都与环境类似的归于拟态）。自然界里有许多生物就是靠保护色避过敌人，在生存竞争当中保存自己的。像沙漠里的动物大多数都以微黄的"沙漠色"作为它们的特征，那里的狮子、鸟、蜥蜴、蜘蛛、蠕虫等都是如此。

第三章
小战马被追击

○━━━━━━━ 名师导读 ━━━━━━━○

一个游客在无聊的生活中注意到了小战马，他想捉到这只兔子。他会成功吗？小战马会遇到什么危险吗？

名师按语

①环境描写，显示出纽森镇的毫无生趣和居民的爱慕虚荣。

①西方城镇的建设毫无秩序，各种建筑挤在一起，但是街道却很笔直、平坦，没有一点儿弯曲。这些组建在一起，实际上没有什么别致的风景。西方的房子都是用粗质的木板条建成的，里面是廉价的柏油纸。但是这样的房屋却能伪装成高档的建筑，它一面是砖的结构，另一面则仿制的是大理石的样子，远远看去就像一座庄严、宏伟的教堂。城镇纽森就是这样的。在纽森这个城镇中，一排排遮阳的树木是唯一令人感到美好并且没有经过伪装的景物。虽然这些树木不是很挺拔，树干被刷成了白色，树冠也被修剪得很短。在街道的尽头是牧场、农舍、风车、长排的桑葚树篱笆。桑葚树篱笆的颜色是深绿色的，看上去很美丽，有许多小果子在粗壮的树枝上随风轻轻摆动，似乎在演奏动听的乐曲，为这个毫无生机的村子增添了些许的活力。

寒冬的来临，会让人感到十分扫兴。这时，纽森镇来

小战马

了一位男子,他才来两天,就想着要离开。②刚到镇上的时候,他曾四处打听这里有什么可供游览的美丽景点,遗憾的是这里既没有景点也没有什么有趣的东西能吸引他,除了一只白色麝鼠,一个40年前被印第安人剥去了头皮的老贝西,还有一只卡森用过的破烟斗。于是,他向牧场走去。这个时节,牧场都已被白茫茫的大雪覆盖了。

牧场的雪地上有许多动物的脚印,他突然发现了一个长耳野兔的脚印,便拉住一个男孩问道:③"这里是不是有长耳野兔?"男孩回答道:"这里当然有长耳野兔了。镇里的牧场上有许多呢!我就见过一只非常大的长耳野兔,好像是一个黑白相间的大跳棋。它住在斯·卡博的瓜地里。"说完之后,他向东面指了指,又说道,"在那里能找到长耳野兔。"

男孩所见到的黑白相间的长耳野兔就是小战马。小战马有很多住处,卡博瓜地里的家只是它临时的,并不是真正的住所。小战马现在已经不住在那里了,而是根据天气住在了洞口朝西的房子里,洞口朝西的房子可以抵御猛烈的东风。外地男子走在麦迪逊东街上,如果一直沿着这条路走,就不会发现小战马的房子,但是他离开了这条路,向着小战马的房子走去。小战马发现后,立即从房子里跑了出来,穿过牧场迅速地向东跑去。

④小战马不是普通的长耳野兔,它跳得非常远,每一跳都有三四米,而且在跳了12次之后才进行一次侦察跳。侦察跳就是在向前跳的时候,转过头来观察一下周围的情况。脚印也是小战马非比寻常的特征之一。由于小战马的尾巴特别长,因此,它每次跳的时候都会在雪地上留下一道长长的划痕,人们就将这个作为小战马的脚印,而且一看到这样长的划痕就知道是小战马留下的。

现在,小战马已经不怎么害怕人了,如果人不牵着

②排比句式的运用凸显了这座城镇的无趣,引出了下文。

③此处运用语言描写和比喻的手法从侧面描述了小战马的形象。

④精确的数字统计,更加凸显了小战马的能力超群。

名师按语

狗,它都不逃跑。但是这个男人的出现使小战马想到了曾经被一个猎人追赶的经历——那次经历十分可怕,给小战马留下了深刻的印象。当男子距离小战马75米的时候,小战马迅速跑进了另一个窝,这次跑简直可以称得上是飞。之后它又向周围查看了一番,觉得安全了,于是睡起大觉来。大约过了二十多分钟,小战马灵敏的耳朵又听到了脚步声。不远处,一个男人正拿着一根闪着光芒的棍子向它这里走来。

小战马立刻跳了起来,向栅栏跑去。这次它没有进行侦察跳,因为有铁丝网和围栏作为屏障。那个男人低头仔细地寻找着长耳野兔,但是却一无所获。此时的小战马松了一口气。

⑤双方势均力敌的场景从侧面反映了小战马的高强的逃跑本领。

小战马轻轻地贴着地面走着,它正在留意周围的情况。而那个男人正沿着它逃跑的路线追来。小战马只得又迅速地向更远的一个栅栏跑去,之后又沿着那个栅栏的外侧跑了50米,最后跑向附近的一所房子。⑤整个晚上,它都在外面躲避这个追逐它的男人。现在,温暖的阳光已经照在雪地上了,它正准备在自己的房子中好好地睡一大觉,可是它又听到了脚步声。那个男人又来了! 为了摆脱这个男人的追踪,⑥小战马开始跑蛇字形,又拐了很多弯,留下了许多"Z"形的痕迹,用来迷惑敌人。在快要到它最喜欢的房子时,又向前多跑了100米,之后从另一个方向折了回来。它认为自己已经甩掉了那个追踪者。但是不一会儿,它又听到了脚步声,小战马生气极了,想到了这次事情的严重性,它开始认真思索起逃脱的办法。

⑥通过动作描写,把小战马使尽浑身解数摆脱追击的场面展现了出来。

那个男子在小战马的家附近绕了很大一个圈,这个地方离大黑狗的农舍不到2 000米。在那个农舍,小战马可是有过几次辉煌的战绩呢! 在那个农舍,灰狗也受到许多的挫折。那里的栅栏有一个洞,小战马可以轻易地钻过去。于是,小战马开始向大黑狗的农舍跑去。可是,跑到栅栏前,它却发现洞口被堵上了。它又开始沿着栅栏跑,找其他的洞口。它跑到了敞着的大门口,看到大黑狗正在石板上睡觉,母鸡们正在安详地晒着太阳。此时,它的背后,一只家猫正悄悄地从谷仓走向厨房。

⑦那个男人离小战马越来越近了。小战马小心翼翼地走进了院子,但还是被一只长腿的大公鸡发现了。于是这只大公鸡开始咯咯地叫起来,叫声惊醒了大黑狗,它站了起来。现在的局势对小战马很不利,它必须立即采取措施。于是它蹲了下来,一动不动,就好像是一个土块。大黑狗向前走了几步,但是依然没有看到小战马。大黑狗所站的位置是唯一一条逃出去的路,正在小战马为难的时候,那只家猫帮了它。家猫在跳上窗台的时候,打碎了一个花瓶,声音惊动了大黑狗。于是大黑狗朝声音传来的方向跑去,小战马则趁此机会逃出了院子,连感谢家猫的话都没有来得及说。

这时,那个男子追来了。他的手上竟然还有一支枪和一条被称为治狗良方的绳子。这条绳子是他准备对付大黑狗的。当他来到院子边上,发现小战马已经不见了。就这样,小战马摆脱了这个男子的追踪。

第二天,那个男子还是没有放弃,但是最后只找到了一些毫无用处的脚印。⑧在这些脚印边还有一些更小的脚印,那是小战马爱人的,因为现在是长耳野兔交配的季节。雄性长耳野兔会和自己的爱人一时一刻不分离,它们一起觅食、一起玩耍、一起散步、一起奔跑,十分快乐。

名师按语

⑦小战马利用迂回战术,并在其他动物的帮助下得以摆脱困境。

⑧排比句式的运用,反映出了小战马夫妻的伉俪情深。

❀ 名师点金 ❀

赏析·启示

　　小战马再一次遇到了危机，这次的危机来自一位到纽森镇旅行的游客。作者通过对小战马与游客之间斗志斗勇的追击与反追击的细致描写，彰显了小战马的勇敢、狡黠、机警。而对小战马一次次摆脱困境的战术的书写，更是生动地再现了动物的生存智慧。结尾处作者笔锋陡转，从激烈的追逐，转变为对小战马幸福生活的描写。但游客并没有放弃对小战马的追捕，这仿佛是一个长镜头，镜头的远方是渐行渐远的傍地双兔，近处是拿着猎枪的游客，让人暗暗生忧，也反映出了作者的悲悯情怀。

※学习·拓展

桑 葚

　　桑葚为桑科落叶乔木桑树的果实，又叫桑果、桑枣，成熟后味甜汁多，酸甜适口，以个大、肉厚、色紫红、糖分足者为佳，是人们常食的鲜果之一。每年4~6月果实成熟时采收，洗净，去杂质，晒干或略蒸后晒干食用。具体成熟时间各地不一样，南方早一点，北方稍迟一点。

第四章
大肆围捕长耳野兔

名师导读

长耳兔遭到了人类大规模的围捕,小战马赫然在列,等待它的又会是什么呢?

由于老鹰遭到了致命性的猎杀，长耳野兔的天敌减少了，因此，这个夏天长耳野兔大量繁殖，已经威胁到了村庄的正常生活。于是，村庄的人们开始了捕杀和驱逐长耳野兔的行动。

一天清晨，人们来到了郡北部的公路上，这里是长耳野兔的主要聚集地。大家将事先准备好的铁丝网笼子都打开，想要将所有的长耳野兔全部赶进去。①男人与小孩都拿着两根长棍和一袋石子；女人则坐在马背上或马车里为男人与小孩加油助威，她们的手里拿着拨浪鼓、牛角或是哨子等助威工具。很多马车的后面都拖着易拉罐或者木板条，它们与车轴摩擦发出的声音十分刺耳，使得整个局面显得更加混乱和嘈杂，这种处境对长耳野兔十分不利。

捕杀与驱赶长耳野兔的队伍声势浩大，大约有 8 000 米长，每隔 30 到 40 米都有一个男人站岗。大家边走边抽

名师按语

① 长耳兔的敌人变成了村子里的人类，它们随时随地处在危机之中。

打着路边的草丛和灌木丛，以制造声势。许多长耳野兔都被这种声势吓了出来，飞跑着奔向公路。虽然它们跑得很快，还是有很多被人们用雷雨般的石头击倒了，只有极少数才能逃脱。捕杀队伍在中间设了大畜栏，然后开始收网，男人之间的距离缩小到25厘米以内，慢慢地形成一个包围圈，当长耳野兔出现的时候就将它捕杀。由于人们的包围，长耳野兔被集中在这个包围圈中，中间的空地上几乎挤满了长耳野兔。它们你推我挤，蹦来跳去，四处乱窜，想要逃出这天罗地网。人们越来越靠近，包围圈也变得越来越小，这些长耳野兔都被挤进了畜栏。这些可怜的家伙似乎已经知道逃不出去了，因此，有的干脆坐下来，放弃逃跑的打算，有的则掩耳盗铃般藏在了同类的肚子下面。

我们聪明的小战马此时在哪里呢？它应该是逃脱了吧？十分不幸，它也在这包围圈中，而且是第一个被赶进畜栏的。但人们还是有善心的，他们并不想将所有捕捉到的长耳野兔都杀掉，优秀的会被留下，其他的就不能活命了。

为了挑选优秀长耳野兔，人们想到了一个方法：将事先准备好的只能装一只长耳野兔的500个小箱子全部打开，然后对畜栏中的长耳野兔进行驱赶，最先跑进小箱子的长耳野兔，就是优秀的。当500个小箱子都装满时，也就挑选出了500只优秀的长耳野兔。虽然这种方法不是很准确，但却是很简便的。

这500只被挑选出来的长耳野兔，并不是从此就过上了衣食无忧的生活，而是还要进行挑选。人们将它们带到城里，让它们在奔驰公园里与猎狗进行竞赛，赢了猎狗的就能活下来，跑不过的就要没命。之前的围捕已经捕杀掉了5 000多只，接下来的捕杀将会更加残酷。

一个晴朗的早晨，装有500只长耳野兔的小箱子在训练场上一字排开，它们与猎狗之间的竞赛开始前，人们先对它们进行训练，小战马也在其中。

小战马

名师点金

赏析·启示

失去了大部分天敌的长耳兔的生存并没有变得更容易。人类强制性优胜劣汰比大自然更加残酷。人类站在食物链的顶端，于是便以主宰者自居，渐渐淡忘了应该有的悲悯情怀。

作者看似用冷静的口吻描述了人们挑选优秀长耳兔的过程：人们聚在一块，拿起各种趁手的工具，然后去围捕弱小懵懂的长耳兔，挑选优秀的兔子，参加公园里举办的猎狗追捕兔子的活动。实则传递了这样的信息：人类诚然有处理危害自己生存环境的兔子的权利，兔子作为大自然赋予生命的一员，又何尝没有生存的权利？本篇看似平淡，实则发人深省。

※学习·拓展

围 猎

围猎是人类最早掌握的谋生技能之一，又称狩猎、打围、畋猎，目的：一是保护农牧业生产，二是猎取食物，三是增强武备。大型围猎会动员上百人甚至更多，有合围、放围、轰围、整围、推围、紧围、撤围等程序和分工，要求每个人忠于职守。

第五章
长耳野兔的训练

名师导读

即便是在人类的地盘上小战马依然是最优秀的长耳兔，它的表现使很多人惊艳。但这对它来说未必是幸事。接下来它会有怎样的遭遇，人们会因为它的优秀表现而放了它吗？

名师按语

①作者用一种记录式的语言，描写了长耳兔的处境。

这500只长耳野兔认为大屠杀结束了，因此它们的恐惧感也消失了。①在训练场上，它们被放了出来。它们感觉自己又自由了，又可以在草地上蹦蹦跳跳了。不训练的时候，它们会被关在一个大笼子里，没有敌人的侵袭，没有独自觅食的危险，生活看起来无忧无虑的。第二天，训练正式开始了。训练场上有12个通向公园的门，当长耳野兔从这12个门里出来之后，后面就会有一大群男孩追逐它们，直到这些长耳野兔全部跑到一个被叫作"避难所"的一个较小的场地里，男孩们才停止追逐。被追赶的时候要知道回到指定的避难所，这是长耳野兔被训练的第一门课程。

第二门课程开始了。长耳野兔被关在一个狭长的甬道里，当门一打开之后，长耳野兔就会从里面跑出来，这时它们就会被一群男孩和一群猎狗追逐。但是只要这些长耳野兔朝着避难所的方向逃跑，就会免于追击。从围栏

小战马

里被赶出之后能够跑向避难所,这就是第二门课程。

在第二门训练课程中, 有一只长耳野兔引起了大家的注意:它②遥遥领先地跑在绿色草地上,黑白相间的颜色与绿色的草地形成鲜明的对比。这是一只身体长得匀称而且眼睛十分明亮的长耳野兔, 它就像一个领导者一样,率领所有的长耳野兔在草地上狂奔,将猎狗与男孩都远远地甩在后面。

③"大家快看,跑在最前面的那只长耳野兔,多像一匹小战马啊! 真是威风极了! "一个名字叫作米克的爱尔兰男孩兴奋地喊道。由此,小战马的名字就传开了。小战马出名了,许多人都在议论它。人们都很敬佩它,它的领导力、它在群兔中的威望,以及它那黑白相间显眼的颜色,都受到人们的推崇,因此,人们常常在谈话或者打赌时将它与狗相提并论。

"我和你打赌,小战马不会被后面的猎狗追上。"米克说道。

"赌就赌,我相信我的猎狗在到达看台之前一定能够将小战马抓住,我以一赔三。"猎狗的主人说道。

"猎狗肯定追不上小战马,我用现金打赌,还要压上这个月的薪水。"

米克与猎狗的主人就这样你一句我一句地争吵起来。每当小战马飞快地跑过观众席的时候,大家都为它呐喊助威,大家在小战马的身上看到了一个跑步健将的身影。

名师按语

②遥遥领先:远远地跑或走在最前面。

③出色的小战马得到了大家的赞扬,也解释了小战马这个名字的由来。

名师点金

赏析·启示

　　小战马从来都不是一只容易屈服的兔子,即使是在人类的地盘上,它也是最优秀的兔子。它黑白相间的毛色、矫健的身姿让无数的人为之惊艳。就算是处于最糟糕的环境中,小战马也没有自暴自弃,求生的欲望让它一直勇敢地向前奔跑。我们也应该是这样,在面对困境的时候不要自暴自弃,而要勇敢面对。

※学习·拓展

欧·汤·西顿和他的动物故事

　　西顿迷恋大自然,回到加拿大后,在草原地区住了很久,对动物的生活做了详细的观察。后来他根据这些素材创作出许多动物故事,还亲自为自己的作品画插图。他的动物故事有一个特点,就是很忠实于动物的生理特征和生活习性。他是主张生态保护的,所以他对各种动物不免抱有某种感情,这在他的作品中不时地有所流露。他为自己的作品集所起的书名也反映了这一点:《我所熟悉的动物》《动物英雄》等。

小战马

第六章
男孩米克

名师导读

又一场残酷的比赛要开始了，发令员米克接受了珠宝商的贿赂，猎狗与兔子之间的追逐只能有一个结局。这场比赛从一开始就毫无公正可言，幸运之神还会眷顾可怜的长耳兔吗？

比赛的第一天，天气十分好，处处都显得生机勃勃，看台上挤满了观众，到处都能看到被绳子拴着的猎狗。①这些猎狗可都是主人的宝贝，主人对它们的照顾就像自己的孩子一样，不许它们随便吃东西，不许它们随便闻奇怪的味道，不许它们与陌生人接触。这些猎狗没有白受到主人的精心照料，它们长着矫健的身体、有力的长腿、敏锐的眼睛、光滑的皮毛，每一个看上去都精神抖擞。如果这些猎狗突然生病或者变得无精打采，就会给主人带来致命的打击。

每次比赛前，每一只猎狗都会被自己的主人寄予厚望。以前的比赛是狗与狗的竞争，两只狗分成一组，获胜的狗进入下一轮的比赛，再与另一只获胜的狗竞争。但这次是狗与兔的竞赛，因此规则与以往不同。当长耳野兔被放出来并跑了一段距离之后，猎狗才会被放出，追逐长耳野兔。根据以往的训练，长耳野兔都会朝着避难所的方向

名师按语

①猎狗得到的关照和下文长耳兔的遭遇形成了鲜明的对比。

名师按语

②长耳兔的悲剧命运居然成了人们取乐的工具,反映了人们的残忍。

③作者用列举的方式,反映了长耳兔的糟糕处境。

④贿赂:用财物买通别人。

⑤米克的反应使长耳兔的命运更加堪忧。

奔跑。②长耳野兔为了躲避猎狗的追逐,都会拼出全力、用尽浑身解数,但是有的依然会被猎狗追上,甚至是丧失性命。这种场面是观众最愿意看到的,他们会为之喝彩。追上长耳野兔的猎狗就会得到一分。当所有的长耳野兔都跑到避难所之后,比赛就结束了。捕杀长耳野兔多的狗就获得了冠军。

③比赛会有四种结果出现:第一种是在100米之内,长耳野兔就被猎狗全部捕杀掉;第二种是长耳野兔迅速地跑到了避难所;第三种是在天气炎热的时候,猎狗与长耳野兔长时间奔跑,身体承受不住,都出现危险;第四种是长耳野兔为了躲避猎狗的追击,有时会反攻,将狗弄伤,裁判看到就会将长耳野兔用枪打死,以保护猎狗。这几种结果对长耳野兔来说都很不利。

在这种比赛中,许多猎狗的主人都想作弊,因此为了比赛的公正性,严令禁止裁判与负责放狗的人员与猎狗的主人私自见面,更不能接受贿赂。

第一次比赛中负责放狗的人员十分尽职尽责,他从不接受④贿赂,因此大家都十分信任他,但是却遭到了想要贿赂他的那些人的不满。恰巧有一个人拿着满满的一袋钱来找他,想要贿赂他,虽然他拒绝了,但是被那些对他不满的人看到了,就开始冤枉他,希望组委会对他进行调查。因此他被暂时停职,由米克暂时接替。

在第二次比赛之前,有人就事先找到米克想要贿赂他。那是一个珠宝商,他给米克递上一根雪茄。⑤这根雪茄不是普通的雪茄,它由一层绿色的包装纸包裹着,看上去好像是钞票,米克明白他的意思。珠宝商对米克说:"小伙子,你现在收到的雪茄只是一半的好处,如果明天你能够关照一下我的猎狗——米奇,之后还会收到一根。"

"如果明天我是发令员,我会特殊照顾你的狗的。"

小战马

"好的,小伙子,看来你是有办法的,明天你会收到另一根雪茄。"珠宝商十分高兴地说道。

预赛中,有 50 只长耳野兔被杀掉。米克正常地进行着自己的发令员的工作,没有任何作弊的嫌疑。

决赛开始了。决赛的获胜意味着荣誉、奖杯、喝彩,还有一大笔丰厚的奖金。对于米克来说,他实在无法拒绝珠宝商的雪茄的诱惑,因为他的家里太穷了,在如此短暂的时间内,就能赚到这么多的钱,真是太难得了。⑥每只长耳野兔长得都一样,没有人会注意到参加比赛的是哪一只,只要米克在这个上面耍一下手段就可以了。他静静地站在那里,等待着裁判发号施令,他有些不安,希望比赛能够快一点儿开始。

⑥此处可见人们对长耳兔生命的漠视。

名师点金

赏析·启示

本章用大量的篇幅说明了长耳兔和猎狗的比赛的规则,很明显这个规则对猎狗有利,对长耳兔来说却是很苛刻的。而小男孩米克和珠宝商的交易让长耳兔的处境更加危险。

作者在本章中并未直接批评苛刻的规则和不公平的现象,而是以一种记录片的叙事方式把这种情况如实地反映出来,将长耳兔的处境血淋淋地展现在读者面前。掷地有声,必有回响。

※**学习·拓展**

比赛贿赂

在各种比赛中用贿赂的手段控制比赛的情况屡见不鲜。从传统的体育比赛到新兴的选秀比赛,贿赂的阴影始终存在。贿赂极大地影响了比赛的公平性,因此这种行为无论是在中国还是在世界范围内,都在遭受严厉的打击。比较著名的贿赛事件有陆俊等甲A、中超裁判接受贿赂,黎巴嫩足球裁判接受贿赂等。

小战马

第七章
小战马成名

名师导读

　　小战马终于上场了,这只长耳兔中的佼佼者,机警的冒险家、动物界的骄傲、把无数猎狗和猎人耍得团团转的英雄,能否取得这场比赛的胜利? 能否为自己赢得生机?

名师按语

　　决赛终于开始了, 在第一组的参赛选手中就有珠宝商的猎狗——米奇。

　　作为发令员, 米克有权利挑选猎狗的追击目标。因此,他对自己的同事说:"3 号长耳野兔。"

　　这只长耳野兔在围栏中只是轻轻跳了一下, 大约就有一米半。当它看到看台上有那么多观众时,似乎感到一些紧张。于是, 它又开始侦察跳,似乎在为自己的上场鼓劲加油, 好让自己紧张的心情平静下来。

　　米克的同事打开了围栏, 长耳野兔开始迅速向避难所跑去。①它的状态似乎很好,第一跳就有两三米远,第二跳竟然达到了 4 米。米克此时感到很高兴。在离起点大约有 30 米的地方,猎狗竟然意外地滑倒了,刚爬起来,还没有站稳,又滑倒了。本以为这只狗能够很快地抓住那只长耳野兔,这样滑倒肯定是追不上了。米克已经控制不住自己, 于是大声地笑出了声。场上欢呼声与喝彩声越来越

　　①作者运用对比和比喻的写作手法,把猎狗和小战马之间的竞技场面描写得绘声绘色。

名师按语

②通过媒体报道从侧面将小战马的优秀表现彰显了出来。

大,长耳野兔的跳跃一直在 4 米以上,似乎在草地上滑翔一般,看得观众十分兴奋。

这只令全场观众都十分兴奋的长耳野兔就是小战马,所有的猎狗都被它远远地甩在了后面。如果将那些猎狗比喻成在大海上航行的船只,那么小战马就是划过海面的闪电。所有的猎狗都不可能追上小战马了,而且距离也越来越大。之后,小战马迅速地钻进了避难所。过了一会儿,猎狗们才赶到,在小战马的围栏前狂吠。这些狗似乎很不服气,想要和它重新比赛,但是小战马没有理它们。

小战马获胜了,米克感到十分高兴,但是那些猎狗的主人一个个却是十分沮丧。

②记者们开始大力报道这个激动人心的结果。第二天的报纸上到处都是关于小战马的新闻:"一只长耳野兔创造的完美奇迹!""威风凛凛的小战马,用自己的实力证明了自己的价值,令所有的狗都一败涂地……"精美的图片,溢美的言辞,使小战马立刻成为家喻户晓的明星。小战马轻松地赢得了比赛的最后胜利,但是却留下了一个问题:在比赛中,有两只猎狗都没有接近它,因此都没有得到分数,于是裁判判定这场比赛为平局并要加赛。这其中的一只狗就是米奇。但是由于之前的比赛耗费了太多的体力,因此加时赛中米奇依然没有获得冠军。

名师点金

赏析·启示

　　小战马站在了决赛的赛场上，它的表现一直如此亮眼，本章用观众的反应、各种媒体的态度表现出小战马的超群。作为最优秀的长耳兔，即使身陷囹圄小战马还是拥有吸引人眼光的能量。这仿佛在告诉读者，真正优秀的人是不会惧怕逆境的，因为即使在逆境中他们依然能够散发光芒。

※学习·拓展

对欧·汤·西顿作品的一些评价

　　西顿从动物的特性着眼架构故事，对动物行为的自然动机观察入微，蕴含着深刻的哲理，且没有将动物人化的痕迹，堪称真正优秀的动物小说范本。

——《混血狼王》作者　沈石溪

　　西顿动物小说带我们走进一个崭新而辽阔的艺术世界，使我们获得了描写"人"的文学无法替代的审美体验和艺术感动。我们为他作品中富于灵性的动物世界吸引和迷醉，为动物生命的神秘而震惊，为动物生命的尊严而感动。

——著名儿童文学评论家、博士生导师　朱自强

小战马

第八章
幸运数字13

·名师导读·

　　男孩儿米克在比赛的过程中渐渐对小战马产生了的同情,他说服管理人,只要小战马能赢得13场比赛就要还给它自由。小战马能赢13场比赛吗?

名师按语

　　自从小战马获得了那次比赛的胜利之后,它就成为米克心中的骄傲。在所有的长耳野兔中,只有它是最优秀的。虽然也有几只长耳野兔能够快速跑到避难所,但是都没有小战马跑得快,而且不用任何转弯就能将猎狗远远地甩在后面。①米克开始同情这些长耳野兔了,尤其是小战马,因为每次比赛都要参加,每次比赛都累得筋疲力尽。所以米克减少了长耳野兔参加比赛的次数。

　　每次比赛都将损失掉四五十只的长耳野兔,因此500只长耳野兔很快就所剩无几了。小战马很幸运,凭借自己的实力每次都能够顺利地跑到避难所逃过一劫。它已经赢得了6场比赛,而且每一场比赛都是毫无悬念地获胜,米克对小战马的出色表现敬佩不已。

　　小战马俨然成了所有报纸必报的新闻,它每天都会上头版头条:"今天,小战马的一次穿越,就好像是一道闪电一样。评论员认为猎狗的奔跑能力正在退化……"文章

①米克对小战马的同情为下文埋下伏笔。

名师按语

②作者借米克之口表达了自己的心声。

③语言描写，反映了米克在极力地为小战马争取着自由。

中详细地记录了小战马优秀的表现。

②6 场比赛结束后，米克对长耳野兔更加同情了，他竟然对比赛的管理人说："我们应该好好地对待长耳野兔，它们也有自己的权利，它们应该获得自由，我希望我能够成为长耳野兔的拥有者。"

"如果你想拥有那只常胜的长耳野兔，那么它要获得 13 场比赛的胜利，而且是连胜。只有这样，它才能获得自由。"

"真的吗？那你说话一定要算话啊。那么我们就从现在开始吧！"米克十分高兴地说道。

"先不要着急，小兄弟，我还想让它来训练一下我的猎狗。"

③"先生，你对我许下的承诺你一定要遵守啊！13 场连胜比赛之后，你就要还小战马的自由。"

猎狗与长耳野兔的比赛又开始了。来了一批新的长耳野兔。其中有一只与小战马十分相像，但是却没有小战马优秀。为了不将这两只长耳野兔弄混，米克让人将小战马放进一个修补过的海运货箱里，同时还在它的耳朵上做了标记。

米克亲切地对小战马说道："小战马，你就快要获得自由了，现在你获得一场比赛的胜利，我就在你的耳朵上打一颗星星，直到有 13 颗星星，你就获得真正的自由了。现在，我将之前你获得胜利的 6 场比赛的星星打在你的耳朵上。"于是小战马的左耳朵上就出现了 6 颗星星。

之后的一个星期，小战马不负米克的众望，打败了所有的猎狗，连胜了 7 场比赛，左边的耳朵已经打满了星星，于是那 7 颗星星打在了右边的耳朵上。各家报纸还在继续关注着这个明星，新拍出的照片上，小战马的左耳有 6 颗星星，右耳有 7 颗星星，更容易被大家认出来了。

小战马

米克高兴地大声说道:"小战马,现在你终于获得自由了!原来 13 是一个幸运数字啊!"

名师点金

赏析·启示

在本章中,作者从男孩米克的视角出发,着力描写他眼中小战马。在他眼中,小战马是一只特别的兔子。它为自己的生命和自由做着不懈的努力,从不放弃,执着到底。小战马用自己的行动获得米克的同情与尊重,也为自己赢得了生机。米克费尽心思终于让管理人答应,如果小战马能赢 13 场比赛就给它自由。与此同时,作者借米克之口把自己的心声表达了出来:它们也有自己的权利,它们应该获得自由。任何生命都值得尊重。

※学习·拓展

13——不幸的数字

传说耶稣受害前和弟子们共进了一次晚餐。参加晚餐的第 13 个人是耶稣的弟子犹大。就是这个犹大为了 30 块银元,把耶稣出卖给犹太教当局,致使耶稣受尽折磨。参加最后晚餐的是 13 个人,晚餐的日期恰逢 13 日,"13"给耶稣带来苦难和不幸。从此,"13"被认为是不幸的象征,成为背叛和出卖的同义词。

第九章
小战马重获自由

·名师导读·

小战马完成了 13 场比赛,按照米克和管理人的交易,小战马将获得自由。但管理人强迫小战马参加最后一场比赛,这次它还会那么幸运吗?

名师按语

①米克的担忧成为现实,管理人果然反悔了,小战马不得不参加最后一场比赛。

②在比赛前小战马受伤了,这使它的命运更难预测。

正当米克十分高兴的时候,管理人却对他说道:①"现在,小战马是获得自由了,但还不能马上走,因为我已经与别人事先约好了一场比赛,那只猎狗是第一次参加这种比赛,我认为小战马一定会获胜的。之后再让小战马赛最后一场。一天比赛两三场,对于小战马来说应该不是问题。""先生,你怎么能这样不信守承诺呢? 长耳野兔也是一条生命啊!"米克十分气愤地说道。但是他的争辩毫无用处,管理人已经决心加赛一场了。

小战马的最后一场比赛开始了。又有一批新的长耳野兔被扔进了围栏里,其中有一只长耳野兔的脾气十分暴躁,它好像有些嫉妒小战马,看到小战马就扑到它的身上蹭来蹭去,还用爪子到处抓它。

②一般情况下,遇到这种被攻击的情况,小战马都会反击,而且在一分钟之内就能够平息。但是今天,小战马却很反常,它不再像以往那样勇猛,花了很长时间才制伏

小战马

那只长耳野兔,它自己也负了伤,虽然只是一两处擦伤,不是很严重,但是依然会影响到比赛结果的。裁判吹响了哨子,比赛正式开始了。所有的长耳野兔都冲出了围栏,小战马也不例外。它的耳朵高高地竖起来,13颗代表自由的星星十分醒目。

参加比赛的两只猎狗对胜利的渴望都十分强烈,它们是米奇与凡高。③米奇曾经是小战马的手下败将,因此,这一次它想要用获胜来洗刷自己的耻辱;凡高是第一次参加这种比赛,没有经验,因此更加想要获得胜利。这两只猎狗疯狂地向小战马冲过去,它们之间的距离越来越近,这可是从未出现过的场面。在跑到看台之前,米奇已经追上了小战马,米奇获得了一分,之后,凡高也追上了小战马,获得了一分。看台上的观众与狗的主人都开始欢呼起来。小战马开始四处躲藏,但是米奇与凡高已经将小战马完全拦住了。此时,米克十分担心。突然,小战马改变了比赛路线,径直朝米克跑去。跑到他跟前之后,就躲在了他身后。事实上,小战马并不知道米克是它的朋友,它只是出于动物的本能,因为当动物遇到危险时,都会向周围的动物求助。这一次,小战马选对了人,因为米克就是能让它摆脱危险的朋友。④米克立即抱起小战马,转身想要离开赛场,但猎狗的主人却不同意,说道:"不能将它带走,比赛还没有结束呢! 比赛怎么能没有结果呢? 我们要求继续比赛!"遭到阻止的米克只能将小战马放下让它继续比赛,因为米克只是一个发令员,没有权利这样做。但是,他为小战马争取到了一个小时的休息时间。一个小时过去之后,比赛又开始了,小战马失去了以往比赛的那种状态,刚过看台,它就被两只猎狗追上了。这两只猎狗都想将小战马杀掉,小战马左躲右闪,已经毫无力气。没过一会儿,它的两只耳朵就贴在了背上,看来,它已经十

③两只猎狗获胜的欲望都很强烈,小战马的处境也就更加危险。

④语言描写,表现了猎狗主人只顾输赢、漠视生命的冷酷态度。

名师按语

分劳累了。

此时,不仅小战马十分劳累了,两只猎狗也开始显现出疲劳的状态,它们大口地喘着气,口里泛着白沫。小战马看到猎狗这副样子,反倒来了精神,它的两只耳朵又竖了起来,拼命地向避难所跑去,想尽快结束比赛。离终点只有 100 米的时候,两只猎狗又追上了小战马。小战马及时地转了一个弯,新的追逐又开始了。三个动物都在拼命地奔跑着,之后两只猎狗都⑤不约而同地先后滑倒了。猎狗的主人看到这种情况,开始担心起自己的猎狗。

⑤不约而同:没有事先商量而彼此见解或行动一致。

⑥此处可见这场比赛毫无公平可言。

⑥按照常理,比赛应该结束了。但此时赛场上又出现了两只猎狗。原来的两只猎狗虽然已经筋疲力尽,但是新来的两只却是精神抖擞。

小战马刚刚获得了胜利,就要迎接新的挑战。虽然它已经十分劳累了,但是依然坚持着。它拼命地跑着,几次在要达到避难所时都被新进来的两只猎狗拦住了。小战马只能继续躲闪着,否则它就会被抓住,然后被咬死。

⑦小战马虽然已经非常疲惫了,但它没有放弃生存下去的努力,依然在坚持。

⑦小战马的毅力真是太顽强了,虽然它的耳朵已经耷拉下来了,但是它还在继续躲避猎狗的追击。新来的两只猎狗在小战马"Z"形躲避路线的追逐中,体力也在渐渐地消耗,它们开始撞到一起,之后开始大口喘着气。有一次,一只猎狗已经咬到了小战马的尾巴,但是小战马挣扎了几下,最终还是逃脱了。比赛在四只猎狗与一只长耳野兔的追逐中僵持着。看台上的观众一个个都看得胆战心惊,谁都不敢眨一下眼睛,害怕错过最精彩的部分。限定的时间马上就要到了,但是小战马还没有跑到避难所,它今天的运气似乎很不好。

这时的米克气愤极了,他发了疯似的朝管理人员大喊:"你这个坏蛋!骗子!可恶的家伙!"他想到赛场上将小战马带走,却遭到了维持秩序的管理人员的制止。米克

小战马

没有听从，他依然破口大骂着，将所有难听的词汇都说了出来，表达他对那些猎狗的主人和管理人员的鄙视。

⑧米克最终还是被管理人员带出了比赛现场，但是他依然不断回头看着赛场，四只口吐白沫的猎狗还在紧紧地追逐着小战马。更可怕的一幕出现了，裁判竟然举起手中的旗子向带枪的管理人员示意！这意味着什么呢?！米克被赶出了赛场，赛场的大门关上了，米克什么都看不到了。突然，他听到两声"砰砰"的枪声，接着就是狗的叫声。米克意识到这场比赛的结果可能是第四种。他向避难所的方向跑去，想要对赛场里的情况一看究竟。他刚刚踏进避难所的门就大声叫了起来，原来小战马没有死！它依然站在那里。远处有两个人抬着一只猎狗正在急匆匆地走着，还有一只猎狗被兽医照看着。米克明白了一切，原来开枪的人失误了，他没有打中小战马，反倒打伤了两只猎狗。

米克让自己平静下来，他环顾四周，看到了一只箱子，便将小战马装在箱子里带走了。

⑨"就算因此丢了工作我也不在乎！"米克自言自语地说道。米克在街上走了一会儿，最后来到火车站买了一张去小战马家乡卡萨多的车票，他决定将小战马送回家乡。上火车后过了一段时间，他们终于来到了卡萨多。

下车的时候，天已经黑了，月亮升了起来。农场、欧萨奇人、三叶草都被皎洁的月光笼罩着。在一块空旷的草地上，⑩米克将小战马从箱子里放了出来，他亲切地对小战马说道："小战马，你终于重获自由了！13颗星星就是代表自由的，这是一个爱尔兰的小伙子做到的！"这话实际也是米克说给自己听的。刚开始，小战马似乎没有听懂米克的话，它用怀疑的眼神看着米克。后来，它好像又明白了米克说的话，向远方跳去，消失在夜色中。

名师按语

⑧此处设疑，使气氛愈加紧张。

⑨语言描写，表现了米克拯救小战马的决心。

⑩语言描写，从中可看出，米克不仅救了小战马，也升华了自己。

小战马重获了自由,这是它顽强的毅力与坚强的品质决定的。它黑白相间的身体颜色与耳朵上代表荣誉的 13 颗星星似乎都在向人们诉说着它的荣誉和故事。

后来,在卡萨多,人们又多次围捕过长耳野兔。但是小战马再也没有被抓住过。因为在捕获到的众多的长耳野兔中,人们没有发现耳朵上有 13 颗星星的。大概小战马意识到了自由的重要性,它不想再过那种被人类逮捕之后的生活了。

名师点金

赏析·启示

小男孩米克最后还是成功地使小战马获得了自由,把它带回了属于它的地方。虽然小战马经历了 14 场残酷的比赛,最后一场残忍的管理人强迫它参加的比赛几乎要了它的命,但小战马还是挺过来了。无论是小男孩米克还是小战马都没有放弃希望。只要心怀希望,一切就皆有可能。

※学习·拓展

美洲野兔分布

侏兔历史上广泛分布在美国本土西部大盆地及邻近的山间地带半干燥的灌木草原地区,即蒙大拿州、爱达荷州、怀俄明州、犹他州、内华达州、加利福尼亚州、俄勒冈州和华盛顿州的一部分。

东部棉耳兔分布于的美国东部和西南部、加拿大南部、墨西哥东部、中美洲和南美洲最北部的草原和灌木林中。在北美洲的中西部数量众多,也曾在新墨西哥州和亚利桑那州出现。

男孩与山猫

第一章
索博恩在乡下

名师导读

索博恩听从医生的建议到乡下度假，在这里他结识了科尼一家，开始了一段愉快而刺激的乡村生活。

名师按语

这个刚刚满 15 岁的男孩儿名字叫索博恩·奥尔德，他是个运动达人，没有他不擅长的运动项目。

拿射击来说，刚开始学习射击的时候，他就表现出了极高的热情。蓝色的开基纳尔湖在白天的时候总是会有成群结队的野鸽来回盘旋，它们有的栖息在湖边的大树上，有的蹲在林中开垦的土地周围，是一道非常美丽的风景。

这里的野鸽似乎已经跟老式猎枪打了很久的交道，摸清了猎枪的射程，让索博恩白白跟踪了几个小时，一只野鸽也没有打到。每当他轻手轻脚地靠近适合开枪的地点时，野鸽们就拍拍翅膀飞走了。但是索博恩没有放弃，①功夫不负有心人，他终于又找到一个野鸽群。这群野鸽分散栖息在郁郁葱葱的灌木丛中。索博恩发现有一只野鸽在不远处的树枝上，他悄悄地举起手中的枪，慢慢向那只野鸽靠近，瞄准，射击。"砰"的一声枪响，一只野鸽应声

① **功夫不负有心人：**只要用心去做一件事，就会取得成功。说明事情的成功，在于肯付出辛勤的劳动。

小战马

而落，索博恩兴高采烈地冲过去想要捡起自己的猎物，忽然从另外一边冒出一个高个子的青年抢先一步捡起了野鸽。

②"索博恩！你该不会是想要抢我的野鸽吧？哈哈……不过，我还是快了你一步！"

"原来是科尼，这只野鸽是我用我的来复枪打中的，所以它应该归我。"科尼跟索博恩是亲戚。前一段时间索博恩生病了，他听从医生的建议到乡下来疗养身体，正好索博恩生病之前科尼曾邀请过他，希望他可以到家里来做客，索博恩便借这个机会直接到了这里来休养。索博恩从城市来到农村，觉得这里的一切都是那么的新奇。

科尼跟索博恩蹲在一起查看那只被打死的野鸽，发现这只可怜的鸽子身上有一颗来复枪子弹，但同时他们又找到一颗火枪子弹，原来他们两人同时打中了这只鸽子。这可真是巧！但他们也都感到有点儿遗憾，因为在资源匮乏的偏远地区每颗子弹都是非常珍贵的，应该发挥它的最大作用，两颗子弹打一只鸽子无疑是一种浪费。

科尼是个身高一米八的青年，他从小就在加拿大的边远山区长大，是个身强力壮、勤劳憨厚的人。他的皮肤黝黑，脸蛋儿黑里透红，看起来身体十分健康。虽然他社会阅历不多，但是他身上时刻闪现着爱尔兰人直率、聪明的优秀品行，的确是一个爱尔兰裔加拿大人的良好模范。

③科尼的家族非常庞大，而他是这个家族的长子。他家族中的长辈都住在彼得赛——在科尼居住的地方往南1.5公里的地方。科尼和他的两个已经成年的妹妹住在福尼邦克的森林里，科尼曾经表示要把自己的家建成一个小"乌托邦"。他的两个妹妹玛戈和卢，一个沉稳可靠，一个聪敏机智，她们帮着家里给科尼打下手。他们的家是用

名师按语

②语言描写，反映出了男孩子们的好胜之心。

③作者对科尼的情况进行了简单的介绍。

原木搭建而成的,屋子里没有地板,而屋子上面长满了茂盛的青草。他们屋子前面有两条路,一条通往波光粼粼的开基纳尔湖的河岸,那里住着科尼的邻居;一条坑坑洼洼的小路,通往南面的彼得赛。

科尼他们的日常生活很简单,天亮了就要开始工作,太阳下山科尼也就可以下班了。天刚翻鱼肚白,科尼就第一个爬出被窝了,然后再一个个叫醒妹妹们。生火、喂马这种粗重的活都被科尼揽下来,妹妹们只需要负责准备早餐就可以了。④玛戈是个有丰富生活经验的女孩子,她可以根据树干在水中的倒影来推测时间,中午要打水、做饭;饭做好之后卢会在一个高杆子上挂一块白布,这块白布提醒科尼可以回家吃饭了。科尼看到这块白布就会从耕地或者打草场里走出来,浑身脏兮兮地回家吃饭。

索博恩是个城里来的小孩儿,他整天都待在房子外面,对乡间田野上的一切都感到好奇。每天晚上,他从湖边或者田野间回到小木屋时,桌上都已经摆放好食物了。科尼家的一日三餐都很简单,永远都是猪肉、面包和土豆,还有一些茶,偶尔还会有个鸡蛋。大家很难得能够吃上一顿野味,这主要是因为索博恩刚刚来到乡下,打猎的水平还有待提高,科尼又有很多活要做,根本没时间去打猎,所以家里人能吃上野味的机会便少得可怜了。

④通过动作描写,展现出一对能干姐妹的形象。

小战马

名师点金

赏析·启示

　　本章是"男孩与山猫"这一篇章的总括,在这一章里作者通过环境描写、背景介绍、人物描写等几种写作手法,把男孩以及科尼一家的基本情况做了详细的介绍,并以男孩与科尼的相遇为起点,以打猎活动为线索,交代了男孩与科尼相遇的经过,为下文另一主角——山猫的出现埋下了伏笔。

※学习·拓展

野 鸽

　　珠颈斑鸠(学名:Streptopelia chinensis),又名鸪雕、鸪鸟、中斑、花斑鸠、花脖斑鸠、珍珠鸠、斑颈鸠、珠颈鸽、斑甲,是分布在南亚、东南亚地区以及中国南方广大地区的一种常见的斑鸠,也叫野鸽子。

　　点斑鸽、斑尾林鸽和欧鸽等野鸽可与家鸽杂交,育出新品种。野鸽具有多方面的适应性,充分表现飞翔落居本领,并凭借太阳、月亮和星辰,运用视觉、听觉和嗅觉来辨识方向。

第二章
山猫妈妈

 名师导读

独自抚养山猫宝宝的山猫妈妈遇到了很大的困难,食物短缺把它和它的宝宝都逼到了绝境。幸好这时山猫妈妈发现了一大群的鹧鸪。它能成功捕捉猎物,摆脱困境吗?

名师按语

① 山猫一家的食物短缺为下文山猫妈妈和人类的正面冲突埋下了伏笔。

森林里有一棵快死了的大椴树,1.2 米的直径让这棵树成为森林中所有椴树中最粗大的一棵。大椴树这一生都在默默奉献,现在就要死了,它还是很慷慨地把自己被寒风劈成两半的身体出让给刚生产宝宝的山猫妈妈。山猫妈妈正在给宝宝们寻找一个能够遮风避雨的家,这时它看到了大椴树的树洞。"这真是一个理想的家。"山猫妈妈想。

①山猫是食肉动物,主要的食物是野兔,但是这附近的野兔数量因为去年的一场瘟疫减少了很多。在这个没有食物的日子里,山猫一家的日子过得很是艰难。在食物丰足的年头里,一个冬天就能捕捉到 50 只野兔,但是这个冬天连野兔的影子都难以遇到,山猫退而求其次捕捉的鹧鸪也被这漫天的大雪和冰天雪地的天气赶尽杀绝了。好不容易挨过冬天,春天冰雪消融,漫长的雨季把山猫妈妈的窝弄得潮湿不堪,而且把各个池塘的水都注到

小战马

满得溢出来了,山猫妈妈很难捉到一条鱼或者一只青蛙。

刚出生的小山猫正是胃口大开的时候，总是嚷嚷着吃不饱。山猫妈妈几乎把所有的时间都用来寻找食物,而且经常累得疲惫不堪却一无所获。它是那么的②任劳任怨,可是这里的生存条件实在是太恶劣了,它想要找到食物很不容易。

每一天,山猫妈妈都在顽强地抵抗着饥饿,但如果想要战胜饥饿就需要胆量与策略。有一次,山猫妈妈利用树洞陷阱抓到了一只红毛松鼠。③还有一次,山猫妈妈遇到了一只比自己体形大好几倍的豪猪。虽然以前山猫妈妈领教过豪猪的厉害,但是迫于现在的形势,山猫妈妈必须铤而走险去尝试。但是最终的结果可想而知,山猫妈妈没有成功,反而被豪猪身上的小刺儿扎了几十下。

一天即将结束了，小山猫们正在盼望着妈妈尽快给它们带回来一些吃的。但是,山猫妈妈只带回了一只可怜的小青蛙。第二天,山猫妈妈扩大了觅食的范围,它来到了一个自己从未来过的偏僻地方。突然,一个陌生的叫声传入了它的耳朵,伴随叫声传来的还有一股难闻的气味。这种气味它以前从未闻过。山猫妈妈小心谨慎地向着气味传来的方向走去。气味越来越浓,叫声也越来越响亮。山猫妈妈来到了一片开阔的空地上，它的眼前出现了两个巨大的洞穴,不知道是麝鼠的洞穴还是海狸的洞穴。④这两个洞穴位于一座小山上,都是用原木搭建成的。许多像鹧鸪一样但是比鹧鸪大一点儿的动物正在洞穴周围来回走着。

山猫妈妈看到这一幕高兴极了，因为它找到了丰富的食物。它开始激动起来,就像一个没有经验的猎人第一次看到猎物时那样。山猫妈妈想,无论如何都要抓住一只大"鹧鸪"。山猫妈妈决定发起进攻了,它的前腿开始慢慢

名师按语

②任劳任怨:做事不辞辛苦,不怕别人埋怨。

③作者通过对山猫妈妈和豪猪狭路相逢的场景描写,反映出了山猫妈妈一家的穷途末路。

④山猫妈妈捉了科尼他们的母鸡,这也引发了人类和山猫的冲突。

名师按语

向前探出，爪子抠住泥土，身体尽量靠近地面，以潜伏的方式向前进，它的这一系列动作目的是使猎物不轻易发现自己。从草丛到洞穴这短短几米的距离，山猫妈妈竟然爬了将近一个小时。可见，山猫妈妈是多么地小心翼翼！它小心地向前爬行着，似乎穿上了隐身衣一样。"鹧鸪"们还在欢乐地玩耍着，并且发出响亮的叫声，完全没有注意到危险的来临。

现在，山猫妈妈只要一动就能抓住它们。捕猎的心，饥饿的身体，以及给小山猫们带回食物的决心，都在鼓舞着山猫妈妈。一只"鹧鸪"来到了长满杂草的空地上，它离山猫妈妈十分近。⑤看着"鹧鸪"身上雪白的羽毛，山猫妈妈眼睛中喷射出火一样炽热的光芒。它慢慢向前移动身体，越来越近，似乎已经闻到了新鲜血肉的味道了。那只"鹧鸪"依然毫不知情地悠闲地站在那里。山猫妈妈则躲在杂草的后面，做着最后的准备工作。它先测量距离，接着用后腿清除周围的一些枯树枝，以免在进攻的时候发出声音惊动了这只"鹧鸪"。最后，它瞄准目标，朝"鹧鸪"扑了过去。"鹧鸪"还没有反应过来是怎么回事，就已经丧命在山猫妈妈的嘴里。山猫妈妈叼起自己的战利品，得意扬扬地回家了。其他"鹧鸪"还不知道刚才发生的事情。

⑥山猫妈妈迅速地向家的方向跑去。突然，它听到了一阵沉重的脚步声。它立刻停下脚步，敏捷地跳上附近的一个树枝上。

声音越来越近，山猫妈妈看到一个小男孩正在向这边走过来。山猫妈妈认识人类，它以往在黑夜中跟踪过、留意过他们，他们也追击过、打伤过它。因此，山猫妈妈十分憎恨人类。男孩来到山猫妈妈的面前，与它对视了一会儿。山猫妈妈不想出什么意外，因为家里还有许多小山猫在等着它呢！于是，它冲着男孩叫了两声，就快速地跳

⑤山猫妈妈的谨慎表现出它捉到这只猎物的决心。

⑥山猫妈妈和人类的第一次遭遇暗示了事件的发展方向。

入附近的灌木丛中,不见了。

山猫妈妈回到家,将食物给了小山猫,小山猫们狼吞虎咽地吃了起来,它们饿坏了。山猫妈妈十分高兴,因为一家人终于美美地吃了一顿大餐。它认为暴风雨已经过去了,光明已经来临了。

名师点金

赏析·启示

　　本章从山猫妈妈的视角出发,写了山猫一家的困境:恶劣的自然环境、嗷嗷待哺的幼猫、猎物的紧缺。山猫妈妈的首要任务是如何在恶劣的环境下获得食物,抚育自己的孩子。于是作者用大量的篇幅描写了山猫捕猎的场景,从准备工作到谨慎探查,再到一击必中。山猫的迅捷、机智及势在必得的决绝被作者描绘得生动传神。结尾处,作者为男孩与山猫的故事留下伏笔,为下文的展开做了铺垫。

※学习·拓展

猞 猁

猞猁(学名:Felis lynx)属于猫科,体型似猫而远大于猫,体粗壮,尾极短,通常不及头体的 1/4 长。四肢粗长而矫健。耳尖生有黑色耸立簇毛。两颊具下垂的长毛。上体浅棕、土黄棕、浅灰褐或麻褐色,或为灰白而间杂浅棕色调;腹面浅白、黄白或沙黄色。尾端呈黑色。畏严寒,以鼠类、野兔等为食,也捕食小野猪和小鹿。巢穴多筑在岩缝石洞或树洞内。

第三章
男孩索博恩

名师导读

　　索博恩喜欢这片土地,喜欢这里的动物。山猫妈妈也深爱着这片土地,这里有它的孩子,有赖以生存的猎物。从城里来的孩子索博恩又和山猫妈妈见面了。他们之间会有怎样的交锋?

名师按语

①此处交代了索博恩的性格特点,为下文做铺垫。

　　索博恩是个在城市里长大的孩子,他在城市里见到的只是高楼大厦,很少见到茂密的森林。因此,他刚来到乡下,对一切都感到很陌生,不敢独自一人走进茂密的森林。索博恩事先做好了功课,他学会了在茂密的森林中根据太阳、指南针和景物的特征来辨别方向的本事。①索博恩十分善良,他希望通过对森林中的动物多一些了解,来保护它们。但是为了自身安全,他还是会随身携带枪支,以免发生意外。

　　一天清晨,科尼约索博恩去森林中打猎。科尼带上他的来复枪,并且熟练地将子弹装进了枪膛,可见,科尼是一个十分老练的枪手。在科尼家附近的树林里,只有旱獭这种动物住在树洞里。旱獭十分聪明,索博恩费了好大的力气也没能抓住一只。科尼只是将枪对准了旱獭,只听"砰"的一声,一只旱獭便应声倒地。科尼上前捡起猎物,嘴边荡漾着满意的笑容。

小战马

②这次捕杀旱獭是为了保护人们的居住环境，因为旱獭正在破坏着人类的居住环境。这次猎杀也给人们带来了好处，那就是可以尝到鲜美的旱獭肉，同时科尼还教会了索博恩用旱獭的皮毛制作帽子和围脖。索博恩深深地爱上了这片神秘的土地，对这里的一切都感到十分好奇。茂密的森林深处究竟隐藏着什么秘密，他很想去探索一下。③但他最喜欢的还是狩猎，因为在狩猎的过程中，可以遇到一些意想不到的事情。一天，索博恩沿着山脊行走，这些地方是他从未来过的。越过一片树林之后，他来到一片空地上，空地中间是一棵被劈成两半的大椴树。索博恩看着这棵大椴树，认为自己走不过去，于是他向西面距离一两千米的湖边走去。大约走了 20 分钟，他注意到在一根距离地面大约 9 米的铁杉树树枝上蹲着一个黑色的庞然大物。原来这是一只黑熊。索博恩经常幻想独自一人在森林中遇到巨大的动物自己会有什么反应。现在终于遇到了，索博恩有些慌张，不知所措。他尽力使自己平静下来，在大脑中搜索关于这方面的知识。突然，他想到了办法。

索博恩立即从右边的口袋中拿出事先准备好的三四颗大型的铅弹，然后将它们装进枪里的小型铅弹上，并用软的物质将它们压住。越是危险，越要镇静、沉着，索博恩默默地对自己说道。④黑熊并没有追下来，于是，索博恩从树叶的缝隙中小心地观察着这只大黑熊。事实上，这只黑熊并不是很大，它只是一只幼崽，这就说明它的母亲大黑熊在附近。索博恩小心翼翼地向四处看了看，确定没有大黑熊的踪影，于是他用枪瞄准了小黑熊，开了火。小黑熊立即就从树上掉了下来。当索博恩走近一看，这根本就不是什么黑熊，而是一只豪猪。他对自己的射击水平有些沮丧，没想到一枪就将豪猪打死了，他本意并不想将它杀

名师按语

②对猎杀旱獭的解释，说明科尼和索博恩的捕猎行动并不是单纯的猎杀。

③此处为过渡句，承上启下。

④场景描写，表现出索博恩的狩猎经验并不足。

MEIHUIBAN 95

名师按语

⑤语言描写，从侧面反映了卢一家的贫穷。

⑥细节描写，通过对索博恩动作、心理的描写，反映了他与山猫第一次交锋的情形。

⑦环境描写，多雨天气，大地的松软，为索博恩追踪猎物提供了便利，从而引出下文。

死。豪猪很重，索博恩自己根本不能将它扛回去，他只好将它留在原地。当索博恩转身离开的时候，突然发现自己的裤子上有一些血渍，这才注意到自己的左手在流血。也许是由于刚才兴奋过度，手被豪猪身上的刺划了一个大口子也没有发觉。

回到家之后，索博恩将今天的经历讲给大家听。⑤卢十分遗憾地对索博恩说道："真可惜，你没有将豪猪的皮扒下来，我现在十分需要一件过冬的毛皮斗篷。豪猪可不是总能遇到的。"这一天，索博恩想去遇见豪猪的地方收集一些植物标本，他没有带枪。他对那一段行程已经有所了解，知道会在半路上遇到一棵裂开的大椴树。⑥当他走到那里的时候，听到了一种奇怪的声音。这时，一只山猫从大椴树后面跳了出来，山猫看到索博恩之后，立即摆出与敌人进行战斗的姿势。索博恩突然注意到它的脚下有一个白色的东西，仔细一看，原来是科尼家的母鸡。索博恩此时很气愤，他想要为母鸡报仇，但是又没有带枪。正当索博恩站在那里想着该怎么办的时候，那只山猫大叫一声，叼起那只母鸡迅速地逃跑了。在这个阴雨绵绵的夏季，索博恩的射击水平提高得很快。现在，他对追踪动物有很大的兴趣。⑦由于多雨，许多泥土都变得十分松软，只要动物踩上去，就会留下足迹。这对于索博恩来说是一件值得高兴的事情，因为他可以根据这些足迹来追踪动物。

一天，索博恩在一些泥土上发现了一些从未见过的足迹。他顺着足迹跟踪下去，大约跟踪了800米左右，来到了一个空旷的峡谷。他看见有两只动物在对面的峭壁上一闪而过，原来是一只母鹿和一只小的斑点鹿。它们停下了脚步，正在看着索博恩。原来，足迹就是这两只鹿的。过了一会儿，母鹿迅速地跑开了，小斑点鹿则紧紧地跟在

它的后面。它们轻松地跳过一根根低矮的树干。之后，索博恩经常会看到它们的脚印，但是却再也没有见到这两只鹿，更别说向它们开枪了。

又一天，索博恩在树林里发现了一只母鹿，他认为这只母鹿也许是自己上次遇到的那只。母鹿用鼻子闻来闻去，似乎有一些不安，好像是在寻找什么，难道是在寻找那只小斑点鹿吗？索博恩立即想起科尼教过他的吸引母鹿的方法。他从地上拾起一片宽树叶，用树叶吹出一种急促而尖锐的声音，这声音就好像是小鹿在着急地寻找着妈妈。母鹿听到这个声音，立即向他跑了过来。这招起作用了。⑧索博恩立即掏出枪，瞄准母鹿。母鹿似乎发觉自己上了当，立即停住脚步，怔怔地看着索博恩。索博恩从母鹿的眼神中看到了悲伤与祈求，他于心不忍，于是放下了手中的枪。母鹿迅速地逃走了。索博恩自言自语道："真可怜，它的孩子肯定没有了。"

半个小时之后，索博恩来到了断了的大椴树前，他在这里又遇到了山猫。这只山猫很大，正抬着头看着索博恩。索博恩举起枪想要将它消灭掉，但是这只山猫一点儿也不畏惧他，依然目不转睛地盯着他。这时，又走过来一只山猫，和原来的这只打闹起来。

⑨看着两只山猫打闹的情景，索博恩觉得它们很可爱，于是心生怜悯，想要放过它们。但是一想起科尼家的母鸡，仇恨又重新占据了他的头脑，于是他又举起了枪。正要扣动扳机时，他突然听到一声叫声。寻声望去，在距离他大约3米远的地方，一只更大的山猫正在十分愤怒地看着他。这可能是那两只正在打闹的山猫的妈妈。面对这种情形，索博恩认为不能开枪，但由于一时慌张，他将几颗大型的铅弹弄掉了。当他捡起铅弹正在安装时，大山猫趁机叼起自己脚边的一个动物逃跑了，两只小山猫也

⑧动作描写，凸显了索博恩的善良。

⑨此处再次反映了索博恩同情弱小的善良性格。

尾随而去。索博恩突然意识到,刚才大山猫叼走的正是那只小斑点鹿。索博恩的猜测没有错,刚才那只母鹿正在寻找的孩子已经成为山猫一家的美餐了。

名师点金

赏析·启示

在本章中作者将人与动物的矛盾用平实的语言表现了出来。他们的矛盾源于立场的不同。科尼猎杀旱獭,是因为它破坏了人类的居住环境;同样,山猫猎杀母鸡和小鹿是因为生存。

在大自然的生存法则里,若人类有权利处决触犯自己生存环境的动物,那么山猫妈妈也有为了活下去而捕杀动物的权利。作者在本章中一直在强调男孩索博恩是多么热爱这片土地、热爱大自然。但是作者在多角度的叙述中,其实也一再想告诉索博恩和读者,若你热爱大自然,那么也请尊重大自然。

※学习·拓展

豪 猪

豪猪,又称箭猪,是一类披有尖刺的啮齿目,可以用来防御掠食者。豪猪有褐色、灰色及白色。不同豪猪物种的刺有不同的形状,不过所有刺都是改变了的毛发,表面上有一层角质素,嵌入肌肉组织中。旧大陆豪猪(豪猪科)的刺是一束束的,而新大陆豪猪(美洲豪猪科)的刺则是与毛发夹杂在一起。豪猪出生时就带刺,不过这时候刺很柔软,大约10天后才会变硬。

青少年美绘版经典名著书库

第四章
流感来袭

名师导读

　　科尼得了重感冒,不得不回到父母那里休养,把索博恩和两个妹妹留了下来。不久之后,留下的三个孩子也得了感冒。但这还不是最糟的,最糟糕的事情正在不远处等着他们呢!

名师按语

①细节描写,作者通过科尼不同寻常的安静,引出流感来袭。

　　转眼之间,六个星期过去了。①科尼往常都是一边干活一边唱歌,但今天却很反常,一早上都十分安静,没有听到他的歌声。当天晚上,科尼与索博恩睡在一张干草铺上,索博恩一晚上多次听到科尼在睡梦中痛苦呻吟的声音。第二天早上,科尼还像往常一样按时起床生火,但是当妹妹们起来准备做早饭的时候,他又躺下了。过了一会儿,早饭好了,科尼起来吃了早饭就外出干活了,但是却很早就回来了。他感到很冷,而且全身都在颤抖,要知道这可是炎热的夏季啊。几个小时过后,科尼的情况变得更加糟糕了。他的身体开始出现鸡皮疙瘩,而且感觉到一会儿冷一会儿热,同时还出现了呕吐的症状。这些都是患上疟疾的表现。现在我们才知道,科尼是感染了风寒。这个地方没有药店,于是玛戈立即去采梅笠草给他煮茶喝。

　　虽然科尼每天都喝梅笠草茶,而且大家对他的照顾也十分用心,但他的病情依然没有好转,反而变得更加严重了。②只过了10天,这个年轻的小伙子就瘦了一大圈儿,都下不了床了。

一天,科尼感觉好了一些,于是对自己的两个妹妹说道:"妹妹们,我感觉我一时间是好不了了,我需要到父母那里去休养一段时间。今天我感觉自己好了一些,能够自己赶车。如果我挺不住了,就到车厢中去躺着,马会自己找到家的。我相信只需要一个星期,母亲就会将我治好的。如果我还没有回来,你们就将所有的食物都吃掉,然后你们就划着独木舟去埃勒顿那里,他能够好好地照料你们。"

看来这是唯一的办法了。于是,玛戈与卢将马车准备好,并且在车厢里放上干草。科尼拖着重病的身体上路了。③马车越走越远,留下的每一个人的心里都有些难过,他们感觉自己被留在了一个孤岛上,因为他们之中的顶梁柱走了。科尼走后还不到半个星期,剩下的三个人就相继被病毒性感冒打倒了。他们整天躺在床上痛苦地呻吟着,整个木屋都被病毒充斥着,就好像是一个难民营,没有一点儿生机。

七天之后,这三个人的病情都加重了。④玛戈已经不能下床,卢只能扶着墙勉强地走几步,她平时最爱说笑,逗大家开心,现在却没有精神做这种事情了。而索博恩毕竟是一个男孩,所以比这两个姑娘的状况稍稍好一些。于是,他每天负责为大家做一些简单的饭菜,让大家吃几口填填肚子。

没过几天,卢也不能下床了。索博恩成了三个人之中唯一一个能够下床勉强走动的人。但此时出现了一个更加严峻的问题,那就是他们的食物马上就没有了。也许再过一个星期科尼也不会回来。⑤一天早上,索博恩拖着疾病的身体,去给大家切面包。这块面包是昨晚吃剩下的,

名师按语

②科尼身体的状况表示他的病已经很严重了,必须要找到可以治疗的地方。

③科尼的离开让留下的人感到不安。

④细节描写,反映了三人此刻的糟糕状况。

⑤食物被偷走,使索博恩三人陷入了更艰难的境地。

名师按语

索博恩将它放在了厨房里。现在却消失不见了。很明显是被森林中的动物偷走了。大家都在等待着吃这块面包，可是现在却吃不到了。索博恩无精打采地坐在那里发呆，现在的境遇使这个城里的孩子陷入了苦恼。

突然，一阵鸡叫声打断了索博恩的思绪。他的大脑中出现了一个念头，那就是杀一只鸡来吃。他立即付诸行动。如果他没有生病的话，可以到森林中去打猎，但现在只能杀死自己家的鸡了。鸡很快就杀完做好了，鸡汤真是太鲜美了，大家好久没有吃到这么美味的食物了。三天过后，这只鸡吃完了，索博恩又准备去杀鸡。但现在他的病情更加严重了，手脚都感到酸软无力。⑥当他软弱无力地勉强走到鸡舍时，看到鸡只剩下三四只了，前两天还有十多只呢。又过了三天，当他再次来到鸡舍时，只剩下一只母鸡孤零零地站在那里。为了能够吃上这只母鸡，索博恩用掉了最后的子弹。

⑥此处与上一处，作者都运用了铺陈手法，消失的面包、丢失的母鸡，铺陈伏笔，一点一点把事情推向高潮。

⑦现在，他们三人每天不仅要和病魔做斗争，还要为食物发愁。寒冷、饥饿、高烧、恶心、痛苦轮流侵袭着他们。现在，索博恩成为了顶梁柱，他每天竭尽全力想方设法地为大家做点儿吃的。之后又在每个人的床头上放一桶水，因为在发高烧的时候，嘴里与喉咙里就像着了大火一样，如果没有水，一定会没命的。

⑦进一步说明三人的困境。

"如果我还没有回来，你们就将所有的食物都吃掉，然后你们就划着独木舟去埃勒顿那里，他能够好好地照料你们。"这是科尼临走时对大家说的话。但在现在这种情况下根本没有人能够划动船，他们甚至连端起饭碗的力气都没有了。现在只剩下半只鸡了，但是科尼依然没有回来。⑧他们已经被病魔整整折磨了三个星期。这三个星期对于他们来说，就好像是三个世纪那么漫长，而且这种日子还在继续着。三个病人日渐消瘦，也许过两天，索博

⑧把三星期看作三个世纪，这是用夸张的手法说明了三个人生活的艰难。

小战马

恩也会下不了床,那时该怎么办啊?三个人都开始绝望起来,都开始默默地祷告着:"仁慈的上帝啊,快点儿让科尼回来吧,让他快来救我们吧!"

名师点金

赏析·启示

　　本章为过渡章节,为下一章的矛盾冲突铺陈伏笔。突如其来的感冒击倒了科尼,这个"顶梁柱"不得不回家静养。剩下的三个孩子在失去依靠后也先后病倒。最糟糕的是隐藏在暗处的"敌人"窥视着他们,偷走了面包,接着又偷走了母鸡。索博恩三人的处境越来越艰难,甚至有丢掉性命的危险。作为男孩子,他担负起照顾大家的重任。逆境锻造人,城里来的孩子索博恩也终于成长起来了。

※学习·拓展

流　感

　　流行性感冒(简称流感)是流感病毒引起的急性呼吸道感染,也是一种传染性强、传播速度快的疾病。其主要通过空气中的飞沫、人与人之间的接触或与被污染物品的接触传播。典型的临床症状是:急起高热、全身疼痛、显著乏力和轻度呼吸道症状。一般秋冬季节是其高发期,所引起的并发症和死亡现象非常严重。

第五章
男孩与山猫的斗争

名师导读

病重的索博恩再次与山猫相遇了,山猫饥饿难耐,索博恩身体孱弱,这时候的他能够打败山猫,保护自己和科尼的两个妹妹吗?

名师按语

①人物细节描写,反映出了此时索博恩的身体状况。

今天的整个早上,索博恩都在努力地打水,准备发烧时用。①高烧比往日来得更早,而且更加严重,喉咙里就像着了火一样。晚上的时候,索博恩趴在水桶边喝水,他的肚子早已经被凉水填满了。大约半夜两点的时候,他的烧才渐渐退了,桶里的水也几乎没有了。索博恩昏昏沉沉地睡着了。天刚见亮,索博恩就被一种奇怪的声音吵醒了。他循声望去,看到离他不远处有一只动物正蹲在水桶边喝水,这只动物还不时地用两只灯泡似的眼睛望望索博恩。

索博恩实在是一点儿力气都没有了,他看了一会儿那只动物,两只眼睛就不自觉地闭上了。睡梦中,他梦见自己的床边蹲着一只印度虎。他在潜意识中安慰着自己:这一定是一个噩梦。他努力地睁开双眼想要知道这到底是不是梦,但他模糊地感觉到自己的床边确实蹲着一个动物。于是,索博恩尽力地大声咳嗽了两下,想要将这只

名师按语

动物吓唬走。这个办法见效了。那只动物立即迅速地从桌子底下钻到另一个屋子里了,它躲了一会儿,感觉不会有什么危险,就从一个废弃的土豆窖的洞口钻了出去。之后,索博恩又迷迷糊糊地睡着了。

太阳已经升起很高了,索博恩勉强起了床。他做的第一件事就是将土豆窖的洞口用柴草堵上。由于现在的食物只剩下一点儿鸡肉了,因此三个人都在控制自己的饮食。②科尼依然没有回来。索博恩心想:"他一定认为我们早已经到了埃勒顿家里,并得到了悉心的照顾。"这一天,天刚刚黑下来,索博恩正要睡去,突然,他听到屋子中又响起了奇怪的声音,这是咀嚼骨头的声音。当看到一只很大的动物站在桌子前面的时候,索博恩吓了一跳,他大声地喊了起来,并且用尽全身的力气将自己的鞋朝那只动物扔去。那只动物似乎是有备而来,它轻松地躲开了索博恩扔来的鞋,之后从敞开的大门跑出去了。这绝对不是一个梦,因为玛戈与卢也被惊醒了,她们也听到了声音,并且也看到了他们仅有的食物不见了。

一整天,疲惫的索博恩都几乎没有离开自己的床。③晚上快睡觉的时候,他从厨房找来了几个浆果,又打来了一桶水放在床边,又找出他自认为是武器的一支旧的捕鱼标枪,还有用来照明的松竹。在没有子弹的情况下,手枪就是一堆废铁。索博恩知道,那只野兽还会来的,因为它也十分饥饿。能够捕捉到一个人类作为美餐那是一件多么享受的事情啊!索博恩认为今天晚上也许那个野兽就会来将自己带走。他眼前出现了那只被山猫咬死的小鹿。

夜渐渐来临了,索博恩又在那个土豆窖的洞口补充了一些柴草。已经到了半夜时分了,那个野兽还没有来。索博恩认为这一晚应该能够安全地度过了。但此时他又

②心理描写,反映了索博恩盼望科尼回来的急切心情。

③通过动作描写反映出索博恩已经意识到即将到来的恶战。

名师按语

④挑衅:借端生事,企图引起冲突或战争。

⑤决一死战:不怕牺牲,对敌人做你死我活的战斗。

⑥通过心理描写,凸显这次战斗对索博恩的重大意义。

⑦说明索博恩始终没有放弃与山猫的抗争。

听到了动物喝水的声音。与昨晚一样,他又看到了两只灯泡似的眼睛。于是,索博恩猛地坐了起来,叫醒了玛戈和卢,大声地喊道:"山猫来了,山猫又来了!"

"索博恩,全靠你自己了,我们根本起不来了。"两个人有气无力地说道。

索博恩想将山猫赶走,但是山猫竟然跳到桌子上冲着索博恩号叫,好像是在④挑衅。

面对山猫的示威,索博恩只能迎难而上。他点亮了松竹,抓起标枪做出一副想要⑤决一死战的架势。而那只山猫似乎也做出了进攻的准备,它两只眼睛发亮,尾巴来回地左右摆动,嘴巴里发出怒吼的声音。索博恩与山猫这样对峙了一段时间之后,突然用手中的标枪猛地向山猫刺去。刹那间,山猫从桌子上跳了起来,跃过他的头顶躲到了床底下。

屋子里突然安静了下来,但是索博恩并没有放松警惕,他双手紧紧地握着标枪。⑥这时,玛戈与卢的祷告声传了过来。索博恩知道,这是一场生命保卫战,他要为屋子中的三个人而战。索博恩环视着周围。突然之间,山猫从床底下冲了出来,同时还伴随着号叫声。索博恩吓了一跳,于是,立即用标枪扎了过去。他明显地感觉到标枪扎到了一个软软的东西,接着一阵悲惨的叫声传了过来。索博恩依然没有放松自己的神经,标枪一直握在手里,准备迎接山猫的再一次的进攻。这时,山猫开始用牙齿与爪子撕咬标枪的木柄,而且正在慢慢地向他靠近。他突然感到一阵眩晕,接着拼命地抖动标枪,想要将山猫甩到一边。⑦索博恩的力气在慢慢地消失殆尽,他感觉自己就要被打败了。吼叫声、撕咬声、挣扎声混在一起,感到十分混乱。索博恩实在支持不住了,猛地向后倒去,重重地摔倒在地上。不知过了多久,索博恩才慢慢地醒过来。他急切地问玛戈与卢:"我们还活着吗？我们没有死吧？"

她们还没有来得及回答,门突然被推开了,科尼回来了。科尼的病已经完全好了,现在他精神抖擞,神采飞扬。一进门就听到了一个"死"字,他着急地喊道:"死？谁死了？索博恩、玛戈、卢,你们都还在吗？"

"科尼！科尼！我们都还在。不过我们都生病了,已经好几天没吃东西了,食物早就没有了。"

看到屋子里的场景,科尼十分自责,说道:"这都是我的错,我不应该这么晚才回来,我还以为你们早就去埃勒顿家里了呢！"

"我们是很想去,但是没有力气去。就在你离开的当天,我们三个人就病倒了。接着山猫又来偷袭我们,将鸡舍里面的鸡和所有能吃的食物都偷走了……"索博恩有气无力地说道。

"你一定是和山猫进行了一场恶战。"科尼看着地上的血迹说道。

地上只剩下标枪的一半,带有尖头的一半不知所踪。

科尼一回来,大家就好像抓住了一根救命稻草,一切都有了转机。在科尼的精心照料下,三个人的病很快痊愈了。

两个月之后,大家似乎都忘记了之前生病的经历。玛戈与卢都说想要一个新的木桶,索博恩自告奋勇地说道:"这件事情就交给我吧！我知道一个地方能够找到做木桶的材料,你们每人都会得到一个大的空心椴木桶。"

虽然玛戈与卢有些半信半疑,但还是将这个任务交给了索博恩。于是,索博恩与科尼来到裂开的大椴树那里。他们砍好做木桶所需的木材后,就往回走。⑧这时,他们看到路的旁边躺着三只死掉的山猫,最大的一只山猫身上扎着一支只剩半截的标枪。

名师按语

⑧此处从侧面赞扬了索博恩的英勇。

名师点金

赏析·启示

虽然身体屏弱,又因为多日未进食而失去了力气,但索博恩还是为了自己和科尼的两个妹妹的生命勇敢地拿起了武器,对抗来势汹汹的山猫。没有食物的山猫这一次也是孤注一掷。当病愈的科尼回来的时候,他发现索博恩已经把三只山猫都杀死了。人的力量总是在没有退路的时候才会完全地爆发出来,在危及生命安全的时候,人的潜力总是不可估量的。

※学习·拓展

流感和感冒的区别

从传染性来看,流感是丙类传染病,感冒是非传染病;从发热程度上看,流感多高热 (39℃~40℃),可以伴有寒战,感冒不发热或轻、中度发热,无寒战;从发热持续时间上看,流感一般 3~5 天,感冒只有 1~2 天;从全身症状上看,流感伴有头痛、全身肌肉酸痛、乏力,感冒没有或少有全身症状;从并发症上看,流感可以出现中耳炎、肺炎,甚至脑膜炎或脑炎,感冒的并发症很罕见;从病程上看,流感 5~10 天,感冒 1~3 天;从病死率看,流感较高,死亡多由于流感引起原发病 (肺病、心脑血管病) 急性加剧,感冒病死率较低。

石山大王克拉格

第一章

----名师导读----

　　初春的甘达峰是美丽的,是神秘的,在这样一个美丽神秘的地方会发生怎样不一样的故事?

名师按语

　　遥远的西北方仡立着一个高原,春风刮过时,高原上就会装饰上大大小小零星的灰色、紫色的岩石。鉴于每年一样的冬天都会持续六个月之久,高原上的春天就显得格外珍贵。即便是大自然,也会像个吝啬鬼期待即将到手的黄金似的期待着春的到来。高原上的春天是世间少有的美丽景色!

　　山脊最北边矗立着的甘达峰,在漫长的六个月的冬天里一直寂寥着,山上看不到一朵小花。而现在,甘达峰醒过来了,活泼起来了,满山开遍了望不到边的鲜艳的花儿。尽管这些花开得灿烂,种类却很单一,它们都是羽扇豆花。这些花虽然走近了看起来开得零零落落的,但远看时却开得很热闹,要是走得更远些,那些花儿就会汇成花儿的河流,妩媚地摇曳,①蜿蜒着流远。

　　五月的天并不是温柔的,它一会儿送来夹杂着雪花的北风,一会儿卷起大块的云,一会儿又带来飘落的雪

①蜿蜒:(山脉、河流、道路等)弯弯曲曲地延伸的样子。

花。羽扁豆花在这春雪的袭击中,脸色也是变了又变。然而,羽扁豆花毕竟是强韧的,它们用粗壮的茎部抗击着风雪,即便被厚厚的雪压弯了头,但只要有风吹过,它们就又坚强地挺立起来了。羽扁豆花的高贵不单单指它美丽的颜色,更是指它坚强不屈的性格。

高原春天的雪,来得突然,走得也突然。一旦云消散了,雪也就停了,蔚蓝的天空也就露出来了。遍布高原的紫色小花组成了很多神秘美丽的图案,装饰在还闪着白光的雪地上。而两道深深的足迹,就在这花丛中,在这雪地上,蜿蜒前行着。

名师点金

赏析·启示

作为故事的第一章,本章描写的并不是与故事主线有关的情节,而是故事的发生地。这段环境描写语言简洁朴实,却又生动明快,读起来充满动感。明明是对静态的自然景物的描写,却给人一种可以与之交流的感觉。结尾处作者埋笔设伏,用神秘的足迹领起下文,让人不禁想一探究竟。

※学习·拓展

《纽约时报》对西顿故事的评价

不亚于任何一部描写人类社会与人类感情的世界名著。在西顿的笔下,动物的线索与人的线索交叉并进,动物的高贵情感时常打动着哪怕最冷酷的人类心灵。在西顿的世界里,动物并非作为人类的附属物而出现的,相反,它们有着过人的智慧、高尚的情感以及丰富的生活。人类没有任何理由把自己凌驾于动物之上,在西顿的动物主人公面前,人类只能感到卑微与惭愧。

 # 第二章

名师导读

　　史谷提是个老练的猎人,他经验丰富,能根据动物的足迹判断出动物的种类及状态。这对生活在这片神圣高原的大角羊来说可不是什么好事。

名师按语

①细节描写,使猎人史谷提的形象更加丰满。

②作者通过心理描写表现出了史谷提高明的追踪技巧及其对山羊习性的了解。

　　提着枪的猎人史谷提老头往自己住的小屋后头走去,那里有座没有草木的山岗,那便是落矶大角山羊的家。①史谷提对那辽阔的原野、洁白神圣的高原、烂漫的紫色小花完全不感兴趣,他所关注的,是这地上薄薄的雪。这场下得不合时宜的雪,让他能更容易地跟踪猎物的足迹。不一会儿,他就发现了两行脚印,这些脚印属于两只已经完全成熟了的落矶大角母山羊,它们是往山顶去了。

　　史谷提没有踩那些脚印,而是小心翼翼地跟踪着脚印往前。②没过多久,凭借多年捕猎的经验,他就得出了结论:这两只母山羊并没有发现他的存在,虽然它们很慌张;这两只母山羊一直沿着能藏身的地方走,虽然摔倒过,但并没有受伤;这两只母山羊并不饿,因为虽然沿途有很多可吃的东西,但它们什么都没吃。当史谷提绕过一大块岩石,到达一个开满了羽扁豆花的低谷时,两只大角羊突然从花丛中跑了出来。

小战马

史谷提举起枪,他本可以轻松解决这两只母羊,但他的目光却被另外两只小羊吸引住了。这两只幼小的落矶大角羊才勉强能用它们纤细脆弱的腿站立起来。到底是先解决这两只新生的小羊,还是先解决那两只母羊才好呢?史谷提迟疑着。

羊妈妈边尖锐地对小羊叫着,边匆忙地赶回小羊的身边。小羊似乎也本能地察觉到,只有在妈妈身边才是安全的,便迈开蹒跚的步伐往妈妈的方向追过去。

此时距离史谷提最近的大角羊就在 20 米以外的地方, 他本可以轻松地解决所有的羊。但就在这时,史谷提产生了一种奇怪的想法:他想要活捉猎物。这些小羊都很弱小,应该会很好捕捉。于是,他收起猎枪小心地靠了过去。

羊妈妈感到了威胁,露出恐惧的神情,出生之后还没遇到过任何危险的小羊也因为妈妈的情绪反应察觉到了危险。尽管出生才不过一个小时,但小羊已经掌握了求生的本能。它们方才缓慢笨拙的步子不见了,两只小羊好像得到了什么天神的帮助似的,动作一下子灵活了起来。它们灵巧地躲避着史谷提的攻击,倒让史谷提备感惊讶。这时,羊妈妈跑了出去,它们不忘哀鸣着催促小羊快些逃命。小羊在史谷提的紧追不舍下越来越害怕,它们使出吃奶的力气,往妈妈的方向逃去。

冰雪皑皑下,史谷提一次次滑倒又站了起来,站起来又滑倒。他感觉两只小羊就在手边,却一只都没能抓到。

一心一意想要抓到小羊的史谷提没有发现,这种你追我赶的追逐战是母羊精心策划的。追着追着,过了一段时间,母羊带着小羊终于逃到了洼地之外。小羊的脚终于接触到了坚实的地面,它们感到踏实得多了。而这时,母羊、小羊以及追赶它们的史谷提已经来到了起伏的甘达峰的山崖边上了。史谷提眼睁睁地看着母羊带着小羊灵巧地跳到了山崖上。光滑坚硬的山石对山羊来说完全构不成威胁,即便是小羊,也能用它们柔软的吸盘一样的蹄子稳稳地走在上面。而人,就完全不行了。对山羊而言,这布满了石头的山崖给了它们足够的安全感,在这里,它们更容易避开敌人的追击。

而史谷提呢,他只能看着山羊逃跑,感叹它们的好运气。他手上没有枪,不然,别说这样近的距离,就算是隔上 100 米,他也能打死那群羊。然而当史谷提

赶回到放枪的地方时,远天处厚厚的云层垂了下来,雪花也随着北风飞卷了起来。刚刚就是这北风带来的雪花,给史谷提带来了大角羊的消息;而现在,还是这北风,卷起了浓雾,掩藏起了山羊的踪迹。

史谷提看着被雾笼罩的山崖的那一边,若有所思地说:"这些小家伙,才出生不过一小时啊,怎么能这么狡猾、这么灵敏啊……"

名师点金

赏析·启示

作者延续一贯的写作方式,以人物为线索,然后慢慢铺陈开来,引出作者真正想要歌颂、想要书写的主角。本章的主角是大角羊。作者由点及面,从线索人物老猎人史谷提的视角,引出大角羊足迹;从老猎人史谷提的狩猎路线,带出大角羊的行迹;然后再从老猎人锲而不舍的追踪过程中,一点一点地展现大角羊完整的形象。至此,本章的主角隆重登场,作者或侧面烘托,或直接描写,无不彰显了大角羊与生俱来的智慧。

※学习·拓展

大角羊长什么样子

大角羊因公羊的弯曲大角而得名。母羊虽然也有角,但却要短小许多,并且只是微微地弯曲。大角羊的颜色包括浅褐色、灰色和咖啡色,臀部和腿部则为白色。落矶山大角羊雌性重达 90 千克,雄性偶尔会超过 135 千克。西耶拉大角羊则要小许多,通常雌性只有 63 千克,雄性重为 90 千克左右。公羊的角重量可达到 14 千克,相当于其身体骨骼其他部分的总和。

第三章

名师导读

　　两只羊妈妈带着它们各自的孩子组成了一个小小的羊群,共同生活、共同抵御外敌。但是,灾难还是降临到了它们的头上,它们遇到了前所未有的危机。

①山峰上布满了石头,这里并不是适合大角羊生存的栖息地,但是这里却相对安全。为了保护自己的幼崽,母羊们把家安在了这里。而为了觅食,在接下去的几周里,母羊必须时不时带着孩子离开那个安全港,到辽阔些的地方去。幸运的是,它们并没有遇到什么危险,每次都能安全返回。

由于这时已经到了春天,高原上到处都是花草,母羊的食物非常充足,奶水自然也就充沛。小羊们得到了很好的哺育,自然长得飞快,不到一周的时间里,它们已经长得很大、很有力气了。即便是遇到了山猫这样的动物,它们也能和妈妈一起逃命了。

两只小羊是很好的玩伴儿:矮胖的那只鼻子是白色的,高高壮壮的那只头上长着一个瘤,那是它出生两三天之后才长出来的。这两只小羊喜欢蹦蹦跳跳地一起玩儿,或者咬住对方、纠缠在一起。但有的时候它们也会玩一种

名师按语

①此处展现了动物界的情感,母羊也同样具备母性光辉。

类似于作战的游戏：找到一个山洞，一只做进攻方，一只做防守方。防守的那只跑到山顶上堵住洞口，小蹄子踏着碎步，不让它的小伙伴儿靠近，它粉红色的小耳朵靠到脑后，故意装出凶恶的样子，像个山大王似的，威胁着对方。而这种游戏玩到最后，失败的那方就会跪到地上、翻过身去、蹄子朝上举起来，好像是在服输，也像是在撒娇，表示它不是输了，只是不屑再和对方玩下去了。在这样的作战游戏里，白鼻子总是能取得胜利，因为它更重一些；但若是比赛跑，它可就完全比不上头上长瘤的小羊了。

而每到晚上，两只小羊就会回到各自的妈妈身边休息。头上长瘤的小羊总是很精神的样子，每天都醒得很早。它可不像白鼻子那个懒蛋，天天都要睡到日上三竿呢。

白鼻子长得很特别。无论是什么地区的落矶大角羊，鼻子和屁股上的白斑长得都很像，包括形状和大小。但白鼻子不一样，它身上的白斑，尤其是屁股上的毛，又白面积又大，总像是在招人似的。头上长瘤的小羊就特别喜欢撞到白鼻子屁股上的白斑上去，每天早上，它都会兴奋地往白鼻子的屁股上撞，把它叫醒。通常来说，落矶大角羊都是成群居住的，它们的群落越大，防御力也就越强。但是库特尼这个地方的猎人，都是狩猎大角羊的专家。在他们的捕杀之下，大角羊的数量越来越少，从前还能形成很大群落的大角羊，现在只剩下零散的小群落了。现在，最大的大角羊群落也不过只有三四十只，更多的是像这两只羊妈妈这样，有三四只羊组成。

史谷提老头更是捕猎大角羊的高手，他的家里堆满了大角羊的羊角和羊皮，正准备要卖到市集上去呢。

六月到了，在六月的前两个星期里，不按常规做事的史谷提老头就已经拿起猎枪，去大角羊常出没的地方转悠，寻找大角羊的踪迹了。

而这时，只要有一只母羊发现史谷提的身影，就会发出短暂特别的警告声，然后带着羊群迅速逃命。而有的时候，它也会带着羊群一动不动来迷惑猎人，这个时候，它们必须保持足够的安静，哪怕只是一点小动作，也会给它们招来厄运。而一旦史谷提的身影消失了，羊群就会马上掉转方向，远远地逃开了。

而有一天，当羊群绕到松林尽头的时候，空气中传来了天敌的味道。

天敌出现了。原来那是一只体型庞大的黑熊。头上长瘤的小羊和它的妈妈

吓得迅速逃走了,而白鼻子母子却没能逃脱。白鼻子的妈妈很快就被黑熊咬死了,黑熊转头扑向了白鼻子。白鼻子小羊被吓傻了,呆呆地站在那一动不动,然后,它也很快就被黑熊咬死了。失去了妈妈的白鼻子小羊,终于还是没能够活下来。

名师点金

赏析·启示

　　作者再次向我们展示了一个真实可感并富有人性光辉的动物世界。本章前半段作者用轻松的笔法,讲述了大角羊的生活,文字中流溢着默默的温情,传达着和谐与美好。后半段作者笔锋一转,蠢蠢欲动的猎人,充满危机的丛林,像投入平静湖面的石子,打破了所有平静。结尾处白鼻子母子的悲剧更是让人怅然若失。作者意在告诉我们:动物和人在感情的世界里没有分别,它们同样重视亲情、友情,爱护幼子、珍惜朋友。

※学习·拓展

羊家族

　　羊家族成员很多,几乎遍布全球。除了家养绵羊外,大多数羊都生活在山地。如主要生活在欧亚大陆山地的山羊、生活在亚洲中西部的赤盘羊, 分布在埃塞俄比亚的西敏羊。其中西敏羊是世界上仅有的两种野生羊之一,非常珍贵。此外还有蛮羊、岩羊、塔尔羊、喜马拉雅羊等种类。就畜牧业而言,波尔山羊、小尾寒羊、杜泊羊、萨能奶山羊等是羊家族的明星。它们之中有的肉质鲜美,有的产奶量高,深受人们喜爱。

第四章

名师导读

　　长瘤子的小羊的妈妈不得不带着它到处流浪,终于它们遇到了一个羊群,它们能加入到这个羊群,过上暂时安定的生活吗?

名师按语

　　头上长瘤的小羊的妈妈, 是一只看上去面容十分姣好的母大角羊。它中等身材,角比别的母羊更长更锐利,这让它看起来又敏锐又有警惕性。

　　史谷提出现后,羊群就觉得这里已经不再安全。所以当白鼻子和它的妈妈死去后, 头上长瘤的小羊的妈妈就决定带着孩子搬家了。①它们沿着甘达峰的山腹一路前行,每到一处高地,它们就要先停下来四处张望,仔细观察附近是否有敌人。有一次在羊妈妈观察地形的时候,忽然注意到有一个黑色的东西正缓缓移动着, 那不正是史谷提老头么? ②本来从史谷提老头的位置应该很容易就能看到羊妈妈,但因为羊妈妈一直一动不动,史谷提老头竟然没有发现。

　　直到史谷提老头消失在岩石后,羊妈妈才带着小羊用更快的速度逃跑了。那一天,每到一处山脊处,羊妈妈都会格外仔细地观察周围的情况,确定没有危险后,才带

①此处反映了大角羊的机警和谨慎。

②此处从侧面反映了母羊的智慧。

名师按语

着小羊无声无息地离开。它们小心翼翼地前行着,直到远离了危险,才敢放慢脚步。

一天傍晚的时候,羊妈妈在一个山脊上观望时,看到了一个灰色的长长的队伍。它看到那些动物的蹄子和屁股上也长着白色的斑点,原来,那些动物是它们的同类。

那些大角羊顶风前行着,而羊妈妈为了掩盖自己的行踪,就带着小羊从它们前行的路上横穿了过去。它们意外地发现了一个很大的脚印,看样子,那是一只雄性大角羊留下的。

③此处解释说明了大角羊的生活习性。

③按照落矶大角羊的规矩,公羊和公羊组成一个群落,母羊和小羊则组成另一个群落。平时它们并不生活在一起,只有在初冬的时候,求偶的季节到了,公羊和母羊才会凑到一起,繁衍生息。

羊妈妈发现那是一群公羊后,就不再跟下去了。它带着小羊往山脊的另一边跑去了。让羊妈妈感到欣慰的是,这里已经是大角羊的领地了。那个晚上,羊妈妈带着小羊在一个低洼的地方休息,第二天一早就又上路了。

④此处说明大角羊根据气味来判断对方是否是自己的同类。

④它们边走边寻找着食物,不多久,羊妈妈就停了下来,它闻到了一种气味,接着又是另一种气味,然后就是无数的气味。渐渐地羊妈妈明白过来了,它们已经接近了一个由母羊和小羊组成的羊群了。羊妈妈赶紧沿着气味追踪下去,小羊也蹦跳着跟在妈妈身边。

没过多久,它们就追上了羊群。那个羊群大概有十二三只羊,每只都和它们长得一样。羊妈妈小心地躲在了石头后面,只把头顶露了出来。小羊却好奇地把圆圆的脑袋伸了出来。

羊群中的一只母羊注意到了长瘤的小羊的动作,它发出了一声警告,那群羊就都停下了动作,像雕像似的站在那里,一动不动了。

这回长瘤子的小羊的妈妈不得不出来了，它只能站出来，让对方看清楚它。

羊妈妈小心地靠近那群羊，羊群领头的母羊也尝试着靠近羊妈妈，它们互相嗅着对方，然后又死命瞪了对方一会儿。突然那只领头的母羊踩起脚来，羊妈妈也摆出了一副迎战的姿态。两只羊一步步地靠拢，只听"卡兹"一声，两只羊的羊角顶到了一起，一场互不相让的战斗开始了。⑤羊妈妈忽然扭了扭头，它羊角锋利的尖部刺到了那只领头的母羊的耳朵上。那只母羊大概是疼得厉害了，它痛苦地喘息着，摇摇头，转身回到了羊群里。羊妈妈跟在后面往羊群的方向追去了。小羊却只觉得心烦意乱，不知道应该怎么办才好，没有别的办法，它只得追着妈妈跑过去了。而羊群呢？⑥羊群转了个弯儿走了一会儿后，就又回来了，那些羊把羊妈妈簇拥到中间，欢迎着新伙伴的到来。

羊妈妈和长瘤子的小羊似乎已经加入了这个羊群了，可其实，摆在小羊面前的还有严厉的考验呢。这个羊群里本来就有三四只小羊，它们都比长瘤子的小羊要大一些，体型也要更大。这些顽皮的小羊正打着要欺负新来的长瘤子的小羊的主意呢。

长瘤子的小羊突然觉得屁股被撞了一下，它以前就是这么对待白鼻子的，现在却轮到它自己了。长瘤子的小羊赶快掉转方向，想要躲开身后欺负它的小羊。可是它还没来得及反应，身后就又有一只小羊撞了它一下。无论它转到哪个方向，都有小羊在撞它。长瘤的小羊难受极了，它被撞得受不了了，只好逃到妈妈肚子底下躲起来。

可是第二天早上，这些小羊又开始欺负新来的长瘤的小羊了。这群小羊里年纪最大的是一头小公羊，它长得并不太大，头上长着形状奇怪的小小的角，那对奇怪的粗

名师按语

⑤此处凸显了羊妈妈的战斗力，为下文埋下伏笔。

⑥此处照应上文，动物的世界里崇拜能者，羊妈妈战胜了领头的母羊，于是获得了尊重，成为羊群的成员。

角好像把它的身体都扭曲了。

　　粗角的小羊撞到长瘤的小羊的身上，长瘤的小羊下意识地用后腿撑住自己,想要站稳。但突然,它被粗角的小羊撞到了,不过它很快就站了起来,快速地朝粗角的小羊冲了过去。"砰"的一声,两只小羊就撞到了一起。它们开始是角顶着角,然后互相顶到对方脖子上,然后是肚子。刚开始,年纪大些的粗角小羊占了上风。可不一会儿,长瘤的小羊头上那奇特的瘤就发挥了作用,它一下下地顶到粗角小羊的肚子上,粗角小羊太疼了,它回头逃跑了。其他的小羊看到这样的情景,终于承认了长瘤的小羊,把它当作自己的伙伴了。

名师点金

赏析·启示

　　本章描写了白鼻子小羊和它的妈妈死后长瘤子的小羊母子是怎样流浪、怎样避开了公羊群、怎样加入新的羊群的。其中的动作描写生动有趣,细节描写更是妙趣横生。其中对小羊和母羊之间互动的描写充分表现出了小羊对母羊的眷恋和母羊对孩子深深的爱。由此我们不得不赞叹作者对动物观察的细致入微和描写手法的生动细腻。

※学习·拓展

头羊的作用

　　头羊不是领导者,而是榜样,它起的作用不是领导作用,而是通过它的行为、它的方式去带领其他羊,发挥引导作用。对于牧羊者来说,无论他在羊群背后怎么抽打、吆喝,都不可能使这群羊按照同一方向前进,但是如果选好了领头羊,它只需要牵着这头领头羊,就可以实现有效指挥羊群的目的。

第五章

·名师导读·

　　羊妈妈来到的这个羊群是由谁领导的呢?它和长瘤子的小羊能和羊群里的其他大角羊和平相处吗?

　　就好像人类的社会有着各种独特的风俗习惯一样,动物的社会也有它们独特的①传承而来的习俗。就像是在鸡或是牛的群体里,如果有新来的母鸡或母牛想要加入,就必须用自己的能耐给自己争得一席之地。在它们的群体里,所有成员的地位都是这样打拼出来的。

　　可是想要成为群体的领导就完全是另一回事儿了。加入群体的条件要么是身强力壮,要么是聪明灵敏。但是想要成为一个合格的领导者,光是身强力壮、聪明灵敏是不够的。虽然动物的群体选出一个领导者要比人类选出一个领导者容易得多,至少不需要选举也不需要投票,但是选择一个合适的领导者这件事情还是很严肃的,需要长时间的观察,找到一个让所有成员都信服的才可以。领导者需要让所有成员都信任它,相信跟着它才是绝对安全的。而实际上,群体的领导者大多不是身强力壮、正在壮年的成员,而是年纪较大但是经验丰富的老年母兽。像

名师按语

　　①传承:传授和继承。

名师按语

②羊群的首领不是最强壮的公羊或母羊,而是最有智慧的老年母羊,证明对羊群来说生存智慧才是最重要的。

大鹿、野牛、黑尾鹿、落矶大角羊都是通过这样的方法选出它们的首领的。

甘达峰上的这群大角羊,包括六七只母羊、三四只一岁左右的小羊和一只半大的公羊。②这只半大的公羊是羊群里最强壮的一只,但羊群的领导并不是它,而是一只年老且富有智慧的母羊。这只母羊就是粗角小羊的妈妈,但却不是和长瘤的小羊的妈妈打斗的那只。羊群所有的成员都很信服它们的首领,因为无论处在什么样的情况下,这只母羊都能运用它的智慧妥善应对。本来羊群里的羊都是没有名字的,但是因为大家都觉得这只母羊实在是太聪明了,所以大家都叫它"聪明羊"。

羊妈妈也是一只聪明的羊,它虽然年轻,做事却十分谨慎小心,总是很镇定的样子;它的眼睛、耳朵、鼻子也十分灵敏。但是聪明羊也有自己的优势,它动作敏捷,警觉性有时候比羊妈妈还要高,而且它还有个羊妈妈绝对比不上的优势:它对这一带非常熟悉。但是在谁的动作更敏捷这个问题上,它们互不相让,谁都不服谁。聪明羊发现自己有了个强大的对手,它担心自己的位置会被羊妈妈夺走。

小战马

赏析·启示

本章打开了通往大角羊世界的大门,详细介绍了羊群选择头羊的方法。作者引证说明了头羊在羊群中深得信任的原因,强调了作为一只头羊应该具备哪些素质,并以此为铺垫揭示出羊群头领聪明羊和强壮的羊妈妈之间的矛盾。作者像一个体育解说员一样,对"竞技选手"聪明羊和羊妈妈的优劣势做了详细的介绍,让人对故事的发展充满了期待。

※学习·拓展

群居动物

大角羊是一种群居动物,事实上,很多食草动物、海洋中的小型鱼类、大部分犬科食肉动物、猫科动物中的狮子都是群居动物。群居动物有这样的特点:以群居为生活方式,在生活中无论进食、睡觉、迁移等行为都以集体为单位。为保证食物供给,群居动物大多会有自己的势力范围。因为这个原因,为了保证其种族势力范围,群居动物的群体中通常会有首领。

第六章

◆名师导读◆

　　在炎热的夏天里,羊群好像得了什么奇怪的病。这时聪明羊带它们去吃了一种奇怪的食物,这种食物能够治好羊群的病吗?

名师按语

　　①羊群的状况非常糟糕,但是没有一只羊知道是为什么,反衬出能找到盐的聪明羊的智慧和经验丰富。

　　②作者用拟人的手法凸显了聪明羊的领袖气质。

　　在接下来的几个星期里,羊群在敌人的袭击中东奔西跑。幸运的是,在聪明羊的领导下,羊群并没有什么损失。

　　很快,夏天就到了。①所有的羊都进入到了一种奇怪的状态,它们心情烦躁,无所事事,既吃不下草,也不想反刍。这些羊感到它们渴望着什么东西,胃里空空的,但是却不知道渴望的是什么。这个时候,羊群的首领聪明羊也变得毫无食欲,脾气烦躁。为了解决羊群的问题,聪明羊带着大家离开了它们生活的地方,穿过森林,走进了它们从未踏足过的区域。没有一只羊知道它要去什么地方。越往山下走,羊妈妈就越烦躁,它几次迟疑着停下了脚步,心中充满了不安。②可每当有成员不敢再走下去的时候,聪明羊就停下来,镇定地问:"你到底还要不要和我一起往下走呢?"它的态度实在是太镇定了,听到它这话的羊就不得不相信它,虽然内心不安,却愿意继续跟着它往下走。

小战马

聪明羊带着它的羊群离开了大角羊的领地，一路向下，一直到了山脚下。聪明羊忽然停了下来，它仔细辨认着空气中的气味，仔细地观察前面。围绕着它的羊群也都停下了，它们都精神起来了，感觉到一直渴望的东西就在前面了。

没过多久，一片宽阔的山坡出现在它们面前，山坡下还绕着一圈白色的带子。聪明羊带着羊群奔向了山坡。到了山坡脚下，它们才发现山坡的底下，覆盖着一层白色东西，但那东西却并不是雪，刚刚羊群看到的白色的带子就是这东西。③一跑到那附近，也不用聪明羊教，所有的羊都低头舔了起来。羊群从没吃过这么美味的东西，它们贪婪地舔了又舔，吃完再吃，却一直都无法满足。渐渐的，它们的喉咙不再干渴，眼睛不再灼热，头不再痛，又热又痒的皮肤不再难受，胃也恢复了正常。它们的心情不再烦躁了，它们的病完全好了。那白白的东西到底是什么样的灵丹妙药啊？这群羊不知道，那东西，其实就是人类最常用的调味料——盐。

盐对大角羊而言，是非常重要的东西。大角羊要是生了病，只要舔舔盐就可以了。谁也不知道，聪明羊是从哪儿得来的智慧，竟懂得把羊群带到这里来。

名师按语

③动物有趋利避害的本能，这是大自然给予的天赋。

名师点金

赏析·启示

　　本篇衔接上一章,以实例证明了聪明羊的领袖能力。它有一种让人信服的能力,也有足够的自信带领羊群走出困境。作者用拟人化的手法,把羊群这个大家庭展现在读者面前,更把解救群羊于危难之中的聪明羊的智者形象刻画得入木三分。

※学习·拓展

动物为什么要吃盐

　　动物也需要盐,自然界动物为了食盐甚至不辞劳苦跑到很远的地方去,这是因为盐是除渣剂和蠕动剂。盐可以清除动物口腔和肠道中过多的微生物,可以增强吸收食物的能力、提高排泄能力,因此动物在吃饱后还要找盐吃,这是它们珍爱生命的表现。

第七章

·名师导读·

因为粗角小羊的任性,它的妈妈聪明羊丢掉了性命,羊群失去了首领。失去了领袖的羊群该何去何从?失去了妈妈的粗角羊的命运又将如何呢?

年幼的动物只有听从妈妈的话才能安全地长大。这样看来,那些比较笨的但听话的小羊要比聪明却不听话的小羊幸福得多了。

羊群已经在这里逗留一两个钟头了,它们还在①贪婪地舔着盐,就好像只有这样它们才不会再得这样的病似的。聪明羊想把羊群带回高原上去,但是羊群却不想回去,这里的草场多好啊,它们想要留在这里。尤其是那些已经快要断奶的小羊,它们更加不想离开了。但是聪明羊却觉得十分不安,它觉得这里似乎有什么危险在等着它们。它觉得这地方虽好,却不是久留之地,羊群还是需要马上离开。

在这一点上,羊妈妈和聪明羊的看法是一致的。于是,聪明羊开始催促羊群动身,还领头往回走。小羊们虽然不想离开,但看到头羊和自己的妈妈都走了,也不得不跟了上去。②只有聪明羊的儿子,粗角小羊完全不顾妈妈

名师按语

①贪婪:渴求而不知满足。

②此处为下文的大祸将至埋下伏笔。

名师按语

的命令,依然在那里悠闲地吃着草。过了一会儿,聪明羊才发现自己的儿子不见了。然后,它就听到了粗角小羊"咩——咩——"的叫唤声,等聪明羊带着羊群回到粗角小羊身边的时候,才发现这只小羊只是不知道怎么办好了。它害怕被丢在这里,却又舍不得这片牧草。妈妈哪里挨得过孩子的撒娇呢?聪明羊被儿子缠住了,只能留下。羊群也只好跟它留在这里。夜幕降临的时候,它们就睡在树下。

半夜的时候,一只巨大的美洲狮接近了羊群,它饿极了。美洲狮在潜伏的时候安静得就像影子一样,它们总是能悄无声息地接近猎物,一击毙命。但是这只美洲狮太不小心了,它碰到了一块小石子,小石子从山坡上滑落了下去。

③通过动作描写反映出羊妈妈和小羊的机警和迅捷。

就是这微弱的声响,被羊妈妈捕捉到了。③它机警地跳了起来,发出了"哼"的一声很粗很响的鼻息声。鼻息声唤醒了沉睡的长瘤的小羊,小羊跟着它的妈妈,冲破黑暗,跳上了山崖,往大角羊的领地冲去。其他的羊也被惊醒了,它们飞奔着往羊妈妈逃跑的方向逃去。

这时,美洲狮已经冲进了羊群。聪明羊大声催促着儿子粗角小羊,让它快些逃命。可是平日里霸道任性惯了的粗角小羊却没有听妈妈的话,慌乱中,它往另一个方向逃了过去。等它发现只剩下它自己的时候,粗角小羊不由得"咩咩"地哭了。聪明羊听到了儿子的哭声,迅速跑了过来。可是,在路上它遭遇了美洲狮,聪明羊一下就被扑倒了。

羊群从聪明羊身边跑过,但它们不敢停留;美洲狮还想要抓几只羊,但羊群却已经跑远了。

④此处反映了羊妈妈已经渐渐具备了领袖的素质。

④羊群拼命逃向高原,可羊妈妈的脚步却慢了下来,它在等羊群赶上来。这时,羊群的首领已经变成了羊妈

小战马

妈,大家都认为,聪明羊一定已经被美洲狮咬死了。

等羊群集合完毕,大家都自觉地回头看着,它们希望能有奇迹发生,希望能看到聪明羊带着粗角小羊回来。

可过了好一会,羊妈妈才听到模糊的"咩咩"的叫声。可是它不敢轻举妄动,它不知道发出叫声的是不是它羊群里的羊。然而,更加清晰的"咩——"的叫声传过来了,羊妈妈确定了,这一定是它羊群里的羊。随着像是石头落地的声音响起,"咩咩"的叫声越发清晰了,叫声里好像包含着无数的委屈。

然后,跌跌撞撞的粗角小羊出现了。现在,粗角小羊还不知道因为它的任性,它的妈妈已经死了,它已经变成孤儿了。粗角小羊不能接受自己已经变成了孤儿的事实,它哭喊着要妈妈,只是这一次,不管它怎么哭、怎么闹,它的妈妈都不会再回来了。粗角小羊既不喝水,也不吃饭,他只想喝妈妈的奶水,它想妈妈了,粗角小羊又哭了。

晚上又冷又饿的粗角小羊忍不住发出了呻吟。⑤它想靠到别的羊身上取暖,可是大家都不理它。只有羊妈妈,这位新上任的首领,回应了粗角小羊。它躺到地上,让粗角小羊靠过来,和它的儿子长瘤的小羊依偎到一起。第二天早上的时候,和长瘤的小羊靠了一晚上的粗角小羊身上也都是羊妈妈的味道了,羊妈妈已经闻不出粗角小羊的味道了,它把两只小羊都当成了自己的孩子。当长瘤的小羊醒过来,趴在妈妈的肚子上喝奶的时候,刚刚失去了妈妈、又饿又可怜的粗角小羊也凑了过来,和它一起喝羊妈妈的奶。长瘤的小羊是羊妈妈的孩子,喝自己母亲的奶是天经地义的;可是粗角小羊从前一直喜欢欺负长瘤的小羊,现在它竟然跑来抢长瘤的小羊的奶喝了。这真让人太无法理解了。然而,无论是羊妈妈还是长瘤的小羊,都接受了粗角小羊。粗角小羊真的变成羊妈妈的养子了。

名师按语

⑤对比描写,更展现出羊妈妈的爱无私博大。

名师点金

赏析·启示

　　聪明羊挨不过儿子的恳求让羊群留在了危险的山下,最终丢掉了自己的性命;粗角小羊不听妈妈的话,撒泼耍赖,最后失去了妈妈。本章用顺叙的手法描写了羊群原来的头羊聪明羊是怎么死的,羊妈妈是怎样成为羊群新的头羊的。本章行文流畅自然,与前后章遥相呼应,相得益彰。

※学习·拓展

美洲狮

　　美洲狮(学名:Puma concolor)又称美洲金猫,大小和花豹相仿,但外观上没有花纹且头骨较小。分布于美洲。虽然它名字有狮这个字,但它不属于豹亚科,而是猫亚科。因为狮子有鬃毛,而美洲狮雄性和雌性都不长鬃毛,长得又跟猫相似,所以不属于豹亚科豹属,而是独立的猫亚科美洲金猫属。

第八章

·名师导读·

在羊妈妈的带领下，羊群生活得很安逸，长瘤的小羊也渐渐长大了，它的角瘤也变成了修长有力的角，属于它的故事终于开始了。

羊妈妈的聪明和智慧是①毋庸置疑的，现在，它对居住地周围的情况也都一清二楚了，羊群里的羊都对这位新的领导者心悦诚服。②而这时候，粗角小羊也和长瘤小羊一样，被大家当作是羊妈妈的孩子了。可是尽管羊妈妈对待粗角小羊和对待长瘤小羊一样好，让它享受和自己儿子同样的待遇，可是粗角小羊却并不感激羊妈妈，它一直记恨着长瘤的小羊打败过自己的事。直到现在，虽然每天它都喝着和长瘤小羊一样的奶，但只要有机会，他还是要欺负长瘤小羊。不过长瘤小羊也不怕它，它现在更有力气了，能保护自己。粗角小羊三番两次来挑衅，都被长瘤小羊打败了，最后它只得灰溜溜地走了。

时间一天天过去，小羊们也都长大了。长大了的粗角羊又矮又胖，连头上的角都是又粗又大的，这让它看起来既粗鲁又野蛮。而长瘤小羊呢，它就要漂亮得多了。它头上的角既修长又端正，和粗角羊的角完全不同。那它头上

名师按语

① 毋庸置疑：不需要怀疑。

② 通过动作描写反映出粗角羊不知感恩的性格特征。

的角瘤呢？那只能是它童年的回忆了。

现在，让我们把长瘤的小羊正式的名字还给它吧，它叫作"克拉格"，这个名字是甘达峰的当地人给它取的，翻译过来是"岩角"的意思。在之后的几千年里，克拉格就是用这个名字，在历史上书写了光辉的一页。

在那个夏季里，克拉格和粗角都明显地发育了：它们的体格变得更强健，也学会了很多落矶大角羊的生存技巧。比如说，当它们发现危险的情况时，它们就会发出"哼"的声音作为警告，而当情况十分危险时，它们就会发出"哼哼"两声；除此之外，它们也熟悉了周围所有的山路，即使是需要舔盐了，它们也可以独自过去而不用担心迷路。之后，它们又学会了如何利用"之"字形跳跃来躲避敌人的追击，也学会了怎样在长满杂草的光滑的岩石上自由地跳跃行走而不用担心出现危险（在这方面，克拉格比它的妈妈更加出色）。

③小羊们现在不但可以吃草度日，而且已经具备独立生活的能力了。这意味着，已经到了该让它们断奶的时候了。

羊妈妈要在这个时候给它们断奶，这样它自己就可以在夏天结束前囤积些脂肪，为即将到来的冬天做准备。尽管小羊们不想断奶，但是羊妈妈的奶水还是一天天地减少了。并且，小羊们越来越大的角也让羊妈妈很不舒服，最后，羊妈妈就不再让小羊们吃奶了。

于是，在高原还没有被雪染成白色的时候，小羊们已经可以独自觅食了，妈妈不再需要担心它们了。

名师按语

③小羊们一点点长大，开始具备独立生存的能力，这也意味着就要到它们必须离开羊群的时候了。

小战马

名师点金

赏析·启示

　　本章羊妈妈正式成为羊群的领导者,它把养子粗角小羊当作亲生儿子来对待,可是粗角小羊还是对克拉格怀恨在心。作者在此处埋下伏笔,为下文两者之间的纠葛做铺垫。同时作者还用简单的笔墨讲述了小羊们的成长过程,并终于正式地把本篇章的主角克拉格介绍给读者。本章属于过渡章节,但从行文上看,内容仍然丰满,线索依然清晰,并非是单纯的流水账式的记录。

※学习·拓展

食草动物逃命的武器

　　食草动物在针对不同天敌的较量中进化出了一系列优于食肉动物的出众素质,比如出众的听力、视力(包括夜视能力)、嗅觉,无时不在的警觉性,特殊的体型、肌体相结合可以为它们提供躲避天敌需要的速度、耐力,也可以在天敌无法到达的险要之地如履平地,等等。这些素质使得它们常能逃离危险。

第九章

名师导读

　　随着冬天的到来，公大角羊来到了羊群中并成为羊群的领导者，克拉格和其他一些半大的小羊不得不渐渐远离羊群。

名 师 按 语

①心有灵犀：多比喻双方对彼此的心思都能理解，心意相通。

②说明公羊得到羊群是需要经过战斗的，只有强壮的公羊才能得到自己的羊群。

　　雪开始下起来了，刺骨的寒风好像能把大角羊厚厚的皮毛吹透似的。就在这寒冷的季节里，落矶大角羊的求偶季到来了。羊群在山丘上徘徊着，寻找着适合自己的配偶。

　　羊妈妈率领的大角羊群，也遇到过其他的羊群，但是羊群之间好像①心有灵犀似的，都绕着对方走，并没有碰头。直到它们前面出现了两只巨大的落矶大角羊，互通信息之后，双方都没有再躲开。

　　这是两只体形健硕、魁梧的公羊，它们炫耀似的接近着羊妈妈的羊群。

　　羊群看清了那两只公羊的样貌之后，也不再冷漠了，它们都变得害羞起来，都把目光移开，不再看它们。一会儿，公羊和母羊开始追逐起来了，它们你追我赶了好一会儿，公羊才被允许加入羊群。

　　可后来，争吵发生了。②两只公羊为了争夺这个羊

小战马

群,发生了战斗,它们扭打在一起。后来,比较小的那只公羊被摔倒了,它爬起来后匆匆地逃跑了。胜利的公羊追了它一段后就回来了,它成了这个羊群的主人了。而克拉格和粗角羊则被抛到了一边,为了自身的安全着想,它们小心翼翼地和成了这群母羊新首领的大角公羊保持着距离。

公大角羊将作为首领统治这个羊群,直到初冬过去。为了保护羊群,公羊一方面分外注意警戒,预防发生危险;另一方面,公羊也会带羊群去寻找更好的食物。公羊对这里很熟悉,它知道在哪里能找到丰富的食物。

③公大角羊从不会带羊群去那些雪和风都比较小的山谷里去,它总会把羊群带到风急雪大的高原或是山峰上去。它是这样说的:"山谷里的雪积得太深,根本就找不到食物。那些高原或是山峰虽然雪又大,又冷,但是那里的积雪比较浅,更容易找到食物。而且在那种地方,敌人也更加不容易隐藏,我们也会更安全。"在公羊的带领下,羊群在那个冬天过得格外好。

名师按语

③作者通过语言描写反映了公羊具备丰富的生存经验。

名师点金

赏析·启示

　　公大角羊的到来改变了羊群习惯的生活。对羊群而言,公大角羊的到来意味着繁衍季节的到来,意味着生存可以变得容易些。但对克拉格这些小羊而言,公大角羊的到来就意味着它们离开羊群的日子就要到了。孩子总要离开妈妈独自生活的,只有面对过生活的风吹雨打,孩子才可以长大成人。

※学习·拓展

动物的求偶

　　求偶是动物繁衍的前奏,也是动物种群自我选育、优育的基础。不同的鸟类有各自的求偶行为。如善鸣的雀形目鸟类在枝头跳跃、欢叫以吸引异性;鹤类则翩翩起舞,以优美的舞姿来赢得对方的好感;羽毛华丽的雄孔雀,光彩照人,相互展示漂亮的羽毛以招引雌性,等等。求偶行为对保护种群的优良素质,更好地适应自然环境,具有重要的意义。不同动物的求偶行为各不相同,但很多雄性动物在求偶期都会表现出很强的攻击性。

第十章

名师导读

　　有了新宝宝的羊妈妈渐渐忽视了克拉格,而对幼小孩子的宠爱最终要了羊妈妈的命。失去妈妈的小羊将独自面对外界的风雨,它能活下去吗?

　　转眼间,春天到了,它的脚步终于走遍了整个高原,让高原上的生物们全躁动了起来。

　　过了初冬之后,公羊就渐渐疏远了母羊,这就像是某种冥冥中的定律似的,每年都是如此。①现在,春天终于到了,也是公羊该离开的时候了。羊群还是有些不舍,但它们毕竟不再像之前那样需要公羊了。公羊则会时不时地离开羊群单独出去,终于有一天,它没有再回来了。而母羊们就像是什么事都没发生过似的,继续跟随着羊妈妈生活。

　　到了六月的时候,怀了孕的母羊就都生产了,羊妈妈也是一样。不过和大部分母羊一次都能生两只小羊羔不同,羊妈妈依然只生了一只。这只小羊羔抢走了羊妈妈所有的关爱。它不再关心克拉格,也不再关心粗角羊了。不仅如此,因为这只小羊,羊妈妈对羊群的关心也减少了很多,它淡忘了自己作为首领的责任。有一天,当羊妈妈正

名师按语

①羊群对公羊的离开很漠然,体现出羊的生活习性。

名师按语

②受了伤的羊妈妈最关心的不是自己的身体而是自己的孩子,能够看出羊妈妈对孩子的爱十分强烈。

给小羊喂奶的时候,另外一只母羊忽然发出了警戒声。

所有的羊都停止了动作,变得好像雕塑一样。这时一只小羊羔慌张地从羊妈妈身前跑过,"咻——"的一声,一发子弹打中了小羊,小羊倒下了,站在它身后的羊妈妈也倒下了。②羊妈妈发出了痛苦的呻吟声,但很快它就站了起来,它要找到它心爱的孩子。羊妈妈一边跟着羊群逃命,一边寻找着它的小羊。

又是"砰"的一声枪响,羊妈妈终于看清了,开枪的就是上一次差点儿抓走它的孩子的史谷提老头。羊妈妈悲鸣了一声,召唤它的孩子过来,然后它脱离了羊群,蹿上了岩山,在岩石中隐去了自己的身影。等到史谷提赶到的时候,母羊早就消失了。

史谷提发现了地上的血迹,他循着血迹才追踪了几步,却发现血迹竟然消失了。失去了血迹,史谷提老头无法再追踪下去了。尽管心有不甘,但他也只有放弃。猎人史谷提老头悻悻地折回到被打死的小羊那儿去了。

而这时候,羊妈妈还在带着小羊拼命奔跑着。羊妈妈认为,越高的地方就越安全,所以她们一路向甘达峰逃去。它们小心翼翼地逃命,生怕再遇到敌人。羊妈妈的伤口痛得厉害,它几乎要走不动了,明明是它在指路,可小羊已经跑到妈妈的前面去了。在逃跑的路上,它们既没有看到自己的同伴,也没遇到什么敌人,但是羊妈妈不敢停下来,它知道自己的力气已经快要用尽了,它必须要带着孩子逃到安全的地方去。它们逃到了一座森林,但羊妈妈认为,它们还要往更高的地方跑。终于,羊妈妈跑到了一处台地,台地被一圈银白色包围着,那是冬天时积下来的雪。

羊妈妈一心向那地方跑去。

腰伤快把羊妈妈逼疯了,它腰部两侧的皮毛上有两

小战马

个对称的枪眼儿,子弹从它的身体贯穿出去了。疼痛折磨着它的神经,羊妈妈快速跑到雪地上,把伤口压到了上面。③尽管羊妈妈知道,在这地方只要躺上三个小时它就没命了,但羊妈妈已经顾忌不了这么多了,它一头栽倒在雪地上。而小羊只能迷茫地看着妈妈,它不知道发生了什么,它还太小,才刚出生不久。它的生活,一直都是由妈妈照料着的。可是现在,它孤伶伶地站在这儿,它的妈妈却冷漠地躺在那里,一动不动。

在这一刻,小羊的命运就已成定局,死亡是它最终的归宿。失去了母亲的④庇护,像这样弱小的一只小羊,只有在等待或流浪中活活被饿死。也许小羊还不知道它的命运,可这并不能改变什么,一只孤独的小羊太脆弱了,它根本不可能凭自己的力量活下去。就连盘旋着的乌鸦都知道这点,它正停在树上,冷漠地等着看小羊倒下。

如果上天垂怜,小羊也许能和它的妈妈一样,被猎人的枪打死,至少这样它就不用忍受饥饿的折磨了。

名师点金

赏析·启示

又是一年的春天,羊妈妈有了新的宝宝,它渐渐忽视了克拉格。在一次与猎人的交手中羊妈妈被打中,受了重伤最终死去了。年幼的羊宝宝失去了妈妈的庇护也无法生存。本章是用羊妈妈的视角进行描写的,用朴实的语言描绘了惊心动魄的一幕——羊妈妈的死。作者在结尾处并未直接告诉读者小羊是生是死,也许作者跟读者一样都对小羊充满同情,对它的未来充满了善良的期许,所以即便现实摆在眼前,他也不愿落笔。

※学习·拓展

羊羔跪乳的传说

很早以前,一只母羊生了一只小羊羔。羊妈妈非常疼爱小羊,晚上睡觉让它依偎在身边,用身体暖着小羊,让小羊睡得又熟又香。白天吃草,又把小羊带在身边,形影不离。遇到别的动物欺负小羊,羊妈妈用头抵抗保护小羊。小羊说:"妈妈,您对我这样疼爱,我怎样才能报答您的养育之恩呢?"羊妈妈说:"我什么也不要你报答,只要你有这一片孝心,我就心满意足了。"小羊听后,不觉落泪,"扑通"跪倒在地,表示难以报答慈母的一片深情。从此,小羊每次吃奶都是跪着的。

第十一章

名师导读

克拉格终于长成了一只强壮有力、高贵俊美的公羊。它打败了挑衅的粗角,凭借自己的力量得到了属于它的羊群。

这时候的克拉格,已经是伙伴中最高大的一只了,它头上长着犹如阿拉伯弯刀似的角,身强力壮。①和它吃着同样的奶长大的粗角虽然也很壮实,但是却长得又矮又胖的。而且,粗角的角也不知道是害了什么病,长得又短又粗,上面还有好多瘤子一样的疙瘩。秋天又到了,公羊和母羊又聚到了一起,去年的那只公羊也回到了羊群里。但是,一件出乎克拉格预料的事发生了。

克拉格在羊群里已经很突出了,它吸引了每一只母羊的注意,它知道,现在它已经是一只成熟的公羊了。今年那头体型魁梧、长着弯曲大角的公羊回来之后的第一件事就是把克拉格赶出了羊群。和克拉格一起被赶出来的,还有粗角和其他三四只年纪差不多大的公羊。这是羊群的规矩,公羊长大了,就要离开羊群独立生活,去寻找属于自己的生存之道。所以这几只公羊也没有别的办法,只能离开。

名师按语

①用粗角,尤其是粗角的角的丑陋来反衬出克拉格的俊美。

名师按语

②用简单的语言交待了克拉格它们几年的生活，突出了克拉格首领的地位，显示出克拉格的出色。

③用假设的方法证明没有伴侣对克拉格来说是有益处的。

④对待一起流浪的克拉格，粗角还是充满怨气，小动作不断，更显示出它的阴险和心胸狭隘。

⑤肖像描写，从身材、跑动姿势、跳跃姿势等方面，表现克拉格的外表无比俊美。描写生动，形象鲜明，表达作者对它的喜爱之情。

②克拉格这群小公羊在外面过了四年多的流浪生活，它们学会了独立生存的技巧。继承了母亲智慧的克拉格自然而然地成为了这个小小的公羊群体的头领。它们在更遥远的地方寻找到了新的草场，过上了优哉游哉的生活。而它们也一直没忘记那个所有公羊都有的梦想——做一个好父亲。在流浪的过程中，它们一直努力学习要如何做一个好父亲。

克拉格一直过着独身生活，这并不是说他喜欢独身生活，而是不知道为什么，它总是没有办法找到一个伴侣，总是有这样那样的阻碍挡在它面前，让它没有办法找到一个伴侣。尽管克拉格很为一直独身这件事情苦恼，但其实单身生活对它还是有好处的。一直单身，让它长得更加强壮。③如果它真的有了伴侣呢？说不定它就要忙着照看伴侣和孩子，就长不到这样高大、这样强壮了。说不定，它也就失去现在的活泼和生气了。和克拉格一起的公羊们也都一年比一年更加强壮了，就连粗角也是如此。粗角虽然还是又矮又敦实，怎么看也算不上是一只漂亮的公羊，但它现在到底是长得很强壮了。④只是即便一起流浪了四年，粗角对克拉格的怨恨也没有减退一丝一毫。好几次，它都想趁克拉格不备，把它撞到山崖下去。但是克拉格要比它聪明强壮得多，粗角不仅没能成功，反而被克拉格狠狠教训了好几次。几次下来，粗角不敢再惹恼克拉格了，只好远远地躲开。

而几年后的克拉格，也已经变成了一只英俊迷人的公羊。⑤它身材强壮匀称，毛发色泽鲜亮。当它跑动起来的时候，身上的肌肉会出现流线型的线条，它的毛发在太阳光的照耀下，会反射出耀眼的光泽。克拉格的动作灵活，它的跳跃姿势尤其迷人：它跳起来，四只蹄子轻轻地在石头上一点，就会像鸟儿一样飞起来。克拉格的魅力，

小战马

没有任何一只异性能够拒绝得了。

　　5岁的克拉格，体重已经达到了130公斤。每当它站到山崖上的时候，总像是随时要跳到山崖的另一头似的。现在的克拉格，简直可以被称之为"神羊"了。

　　克拉格身上最美丽的地方，就要数它那一对长长的大角了。克拉格的角形状姣好又很匀称，比其余所有伙伴的角都要好看。它的那对大角，呈现圆弧形地向上长着，角的顶部指向了天空。远远看去，它的那对角就好像是一个大圆似的。克拉格的角，能够叙述它从出生到现在所有的故事。它大角上的五个年轮，就好像是它的⑥大事记一样，表明着它每一年的生活状况。第一年的年轮，又平又细，那时候，它还是一只和妈妈生活在一起的小羊，它的角是它和小伙伴玩耍时使用的工具。第二年时，它的角长得又粗又长，这一年它长得很快，已经变成一只半大的公羊了。第三、第四年，它的角依然很粗，但却不长，这是它的生长很正常的表现。第五年，要是仔细观察的话，就能发现那一年它生活的地方牧草一定很茂盛。

　　克拉格那双充满智慧的眼睛就藏在弯弯的大角之下，它的那双大角看起来就像是在保护它的眼睛似的。当克拉格还是一只小羊羔的时候，它的眼睛是偏黑的茶褐色，后来，到了一岁左右的时候，它眼睛的颜色就变成了偏黄的茶褐色。随着年龄的增长，克拉格眼睛的颜色越来越浅，现在，在它变成一只年轻力壮的公羊的时候，它的眼睛已经变成了闪耀着美丽的香槟色光芒的金色。它的那双眼睛，总是在好奇地注视着这个世界。

　　年轻的克拉格精力充沛，又很活跃，它像是永远也闲不下来似的。它的生活，就是跳跃、跳跃，活动、活动。⑦有的时候，它会和伙伴们一起开玩笑似的打斗，它们互相顶来顶去，但是却从来不会真的伤害到对方。有的时候，克

⑥大事记：把重大事件按年月日顺序记载，以便查考的材料。

⑦公羊之间的打斗不会伤害对方，表明公羊群落内部的关系十分融洽。

名师按语

拉格也会独自跑到断崖边,它喜欢从这个断崖跳到那个断崖上,这种跳来跳去的游戏总是让克拉格乐此不疲,它是从不会玩累的。每当玩起这类游戏时,克拉格总是特别快乐,它肆意地挥霍着自己的精力,无忧无虑地玩耍着,它总能从这中间找到很多的快乐。

当遭遇美洲狮的时候,克拉格总是会在岩石间灵巧地跳跃着,它用灵活的脚步在岩石上跳来跳去,还不时用眼神来嘲笑那些愚蠢的敌人们。⑧而有的时候,它会遇到一群黑尾鹿,这时它就会动起脑筋,想方设法地把鹿群引到最适合它们生活的地方去。这,也是克拉格的乐趣之一。

⑧克拉格帮助黑尾鹿既能表现出它的精力充沛,也能表现出它十分善良,对别的动物也很友善。

总而言之,克拉格就是一个闲不下来的青年。它的青春,就是挥霍不完的活力,就是要不断地跳跃,只有这样,才能好好地诠释它的青春。

没过多久,这一年的冬天就到了。克拉格变得格外的活跃,它总是到处蹦跳着,像是一只皮球似的。⑨而它表达喜悦的方式也变得更夸张了,高兴的时候,克拉格总是要跳起两米多高的,好像如果不这样做就没有办法表达它的喜悦之情似的。但是即便过着这样的生活,克拉格也总是觉得它缺失了什么,一直以来,它都在渴望着什么。它自己也说不明白它渴望的究竟是什么,但是它知道,只要它能找到它渴望的东西,一切就都会好了。

⑨克拉格在表达兴奋之情的时候可一跳两米多高,能够看出它身体素质很好。

克拉格还不知道发生了什么,但是我们却都能够看得出来了——那熊熊的爱火已经在克拉格心中燃烧着。它的外表,一天天变得更加俊美了。年轻的克拉格在等待着,等待着找到属于它的那个羊群。

终于有一天,克拉格带领的年轻的公羊群发现了另一个大角羊群的踪迹。它们小心翼翼地追踪了三四公里,终于见到了那个羊群,那是一个母羊的羊群。遭遇到这群

小战马

公羊后,母羊们调转方向逃走了。它们一直跑到了一个岩石山下,再也无路可逃了,于是母羊们也就停了下来。按照惯例,克拉格小心地和这群母羊打着招呼,然后再小心地靠近它们。

在落矶大角羊的世界里,从来都不是一夫一妻制的。强壮有能力的公羊完全能够独自霸占一个羊群,成为这群母羊的主人。而如果有别的雄性的大角羊不服气的话,完全可以向这一只大角羊挑战,赢的那只可以成为羊群的主人,输的那只就只能离开。

克拉格它们这群公羊,相处得一直都是很融洽的。但是现在为了这群母羊,它们的关系破裂了。克拉格站到那群母羊前面,发出不友好的鼻息,那意思是在说:"现在这群母羊是我的了,你们要是有胆量,就来挑战我吧。"

⑩克拉格的伙伴们,虽然也有一些很想讨老婆的,但却没有一只敢上前来挑战克拉格的。朝夕相处让它们很清楚克拉格的勇猛。静默了一会之后,这群公羊就默默地离开了。而克拉格身后的母羊们早已经被强壮俊美的克拉格的魅力折服了,它们被克拉格深深地吸引了。于是它们一拥而上,把克拉格围到了中间,向它表达着爱意。

在动物的世界里,最能吸引异性的莫过于俊美的外表和强壮的体魄了。克拉格,即使是在公羊群里,也是最强壮、最勇敢、从不曾失败过的那一只。⑪而在母羊们的眼里,克拉格简直就和神一样了。它强壮的体格,远远超出其他公羊的力气,以及它那对形状优美的大角无一不深深吸引着这群母羊。于是,根本用不着费什么力气,这群母羊就已经乖乖地听从克拉格的领导了。然而就在第二天,就有两只公羊找上门来打扰克拉格刚刚开始的美好生活了。它们装作边吃草,边在四处寻觅,好像是无意识地接近了克拉格的羊群。这两只羊中,有一只也很高大

名师按语

⑩克拉格羊群里的其他公羊的反应从侧面证明了克拉格的强壮有力。

⑪用母羊对它的迷恋证明克拉格的俊美健壮。

MEIHUIBAN 147

健壮,几乎是和克拉格不相上下了。但是它的角比起克拉格来,可就差得远了。而另一只,却是一只很熟悉的羊,粗壮的身子,又短又粗的角,没错,这只大角羊就是克拉格的兄弟兼老对手——粗角了。陌生的强壮公羊看到母羊群里的克拉格之后,一下子就跳了出来,对克拉格发起了挑战。它喷着粗重的鼻息,凶狠地盯着克拉格,那态度分明就是在说:"小子,敢接受我的挑战吗?我比你更强,我才应该成为这群母羊的主人!"

克拉格自然也是不肯示弱的,它边喷着鼻息,边向来犯的公羊冲了过去。那陌生的来犯之羊也扬起了自己的大角迎敌。这只羊站在相对平坦的地方,地势更有利,所以这一击克拉格并没有占到便宜,双方打成了平手。

两只羊一起退后了几步,都喘着粗气,不停地用小碎步来回挪动着。然后,它们很快就开始了下一轮的攻击。这一次,克拉格占到了上风。它用左角勾住了对手的右角,然后狠狠地扭动起了脖子。就在胜利在望的时候,突然,克拉格的肚子被什么东西撞了一下。克拉格一时不备,差点儿从断崖上掉了下去,还好它的大角始终勾在对手的角上,这才让它免于一死。克拉格使劲地挣扎着,这回,偷袭它的那只羊就倒了霉。它一时之间没刹住车,直接冲到了断崖下。

"咚——"的一声,沉闷的回响从深不见底的断崖下传了上来。所有的大角羊都知道,这是粗角想要偷袭克拉格,结果没有成功,反而把自己的命搭进去了。

大角羊的社会里一直都有一个不成文的规矩,那就是公羊之间的对决必须是公平的,是一对一的。阴险的粗角自己打不过克拉格,却想趁克拉格和别的公羊决斗的时候偷袭克拉格,实在是太让人不齿了。结果粗角害人不成反而害己,倒也算得上是自食恶果了。而此时的克拉格,重新开始了之前被打断的决斗。它用疾风骤雨般凶猛的攻击很快把对手打倒,被打倒的公羊只得灰溜溜地逃走了。

此时,在公平的决斗中取得了荣耀和胜利的克拉格得意扬扬地回到了它的羊群里。

小战马

名师点金

赏析·启示

　　本章从各个方面介绍了大角羊克拉格的优秀,着重强调了克拉格大角的与众不同。本章用大量记录性的语言描写克拉格的英武不凡,简单介绍了克拉格成长的过程,以及克拉格赢得自己的羊群的过程。但是本章又不完全是记录,中间还穿插着一些克拉格的经历,这样就使行文既简洁流畅又生动有趣。而狡猾的粗角最终的命运则告诫我们:多行不义必自毙。

※学习·拓展

黑尾鹿

　　骡鹿(学名:Odocoileus hemionus)因有像骡的耳朵而得名,又称作黑尾鹿,分布在北美州西部的草原、农地到林地边缘。毛皮在夏天为锈棕色,冬天转为灰棕色。肩高90~105公分(3~3.5英尺)。夏季浅黄至浅红褐色,冬天浅灰褐色。尾白色具黑尖。但太平洋西北部的一个亚种黑尾鹿(O.h.columbianus),尾的上面全为黑色。雄体有角,成年后每角有5叉。

第十二章

名师导读

老猎人史谷提离开了库特尼地区,与此同时,在克拉格的带领下,大角羊的群落得到了极大的发展。

名师按语

①用实际的例子证明了克拉格和它的妈妈比起来更加聪明博学。

1887 年的时候,打猎的史谷提老头终于离开了库特尼地区。他离开的原因主要是由于捕猎的盛行,山里的猎物越来越少了,就连高原上的大角羊都所剩无几了。再者就是他听说在南方的哥罗拉特山区发现了新的金矿,已经有好些人在那里靠淘金发了财,史谷提老头经不住诱惑,也想去那里碰碰运气。而自从史谷提老头离开后,他之前居住的小屋就空了下来。

老猎人史谷提一走就是 5 年的时间。在这 5 年里,在克拉格的带领下,大角羊的群落得到了快速的发展。由于克拉格的领导得当,再加上大角羊最危险的敌人史谷提的离开,几年的工夫,大角羊羊群已经恢复了当年的盛况了。

克拉格是一只极具智慧的首领,它比它的妈妈还要聪明博学。①克拉格一直这样教育它的羊群、它的子孙:无论什么时候,都不要轻易地去低洼的地方。因为那些地方草木茂盛,敌人很容易躲藏,这样就很容易遭到突然袭击。觅食应该到视野开阔的山上或是风口处,在这种地方很容易发现敌人,会更安全些。同时,克拉格还在高地上发现了很多有盐的地方。这样,需要舔盐的大角羊就再也不用冒险去不安全的山下了。克拉格还教育其他的大角羊,在山上行走的时候,不能走在山脊上,而应该走在山脊的两侧。走在山脊上虽然视野比较好,但也很容易被敌人发现。而走在山脊的两侧,视野一样好还更便于隐藏。克拉格还找到了一种属于自己的御敌方法——"躲避"。从前,大角羊在面对猎人的时候一般的应对方法都是当猎人射出箭或子弹之后,大角羊就会迅速地往自己认为是安全的地带跑。②以前,人类使用的主要的狩猎工具还是弓箭或是单发的猎枪,那个时代这样的方法还是奏效的。但是如今,人类开始使用连发的猎枪了。这时要是再逃跑的话就会变成活靶子。而克拉格想出来的法子是这样的:当人射出子弹之后,就立刻趴下一动不动,这样,大部分时候是可以瞒过猎人的。事实上,克拉格自己就已经用这种方法逃脱过好多次了!

克拉格对落矶大角羊的影响绝对是巨大的。在它的领导之下,落矶大角羊的群落变得越来越大。在甘达峰附近,大角羊的地位更高,势力范围也变得更大了。不仅如此,克拉格对落矶大角羊群落最大的贡献是在它的训练之下,现在的大角羊和从前相比更加健壮,也更加聪明了。

五年的时间,虽然使大角羊的群落改变了很多,但克拉格自己的改变却没有那么大。它的体格依旧那么健壮,肌肉的形态依然那么美好,力气也依然那么大。它的眼睛也还是那么清澈、那么美丽。它的外表也没有发生很大的变化,它鼻子上那块心形的白色花纹也依然在那儿。

③如果说在这五年的时间里克拉格身上有什么地方

②克拉格能够根据新的情况找到新的应对方法,表明它勤于思考,懂得与时俱进。

③强调了克拉格的角的珍贵,也为下文很多人想得到它的角埋下了伏笔。

名师按语

④此处运用了对比写法,反映了克拉格的强壮。

发生了明显的变化,那就是它的角了。虽然以前克拉格的角就已经很美了,但现在它的角简直可以说是完美且无比的珍贵。克拉格那对美丽的大角忠实地记录着它生活中的点点滴滴,欢乐的,悲伤的,战斗的,都被记录在了那对大角上。

克拉格的角上有一圈年轮格外的窄,颜色偏黑,而且还有一些难看的褶皱的痕迹。④那一年,羊群爆发了流行病,很多母羊和小羊都死了,一些身体不够健壮的公羊也死了。那次,克拉格也得了病。但幸好它的身体十分健壮,又总是活力充沛,才免于一死。但是在病后的一段时间里,它的身体变得十分虚弱,幸而没过多久就彻底康复了。但它角上的年轮,却忠实地记录着它的那段经历。

那一年,是 1889 年,如果是一个能够读懂年轮的人,就会发现,这道年轮对应的那一年正好是灾难的一年。

名师点金

赏析·启示

在淘金热的感召下,史谷提离开了库特尼地区。同时,在克拉格的带领之下,落矶山大角羊羊群变得更加聪明、更加强壮,羊群的地位提高了,数量也变大了。本章继续了前面简洁的行文风格,用简单的语言描述了大角羊羊群的变化、克拉格自身的变化以及克拉格经历的一些大的事件。虽然描写简单,但是却能让读者在阅读的过程中充分感受到克拉格的智慧和它超乎寻常的领导能力。

小战马

库特尼落矶山脉

库特尼落矶山脉(Kootenay Rockies)是一处散发着纯朴之美的地区,拥有河流、湖泊、瀑布、海滩、富含矿物质的温泉、高山草甸和冰雪覆盖的山脉,不列颠哥伦比亚省的7座国家公园有4座坐落于此。这里栖息着丰富多样的野生动物——游客可瞥见鹰、麋鹿、黑尾鹿、大角羊、丛林狼、驼鹿、美洲狮以及黑熊和棕熊的踪影。库特尼落矶山脉的交通设施包括加拿大落矶山脉国际机场(Canadian Rockies International Airport)。

 第十三章

●名师导读●

大角羊的宿敌老猎人史谷提又回到了落矶山脉,这次他还有了新的帮手。他能成功捕获大角羊吗? 大角羊又会以怎样的战术迎敌呢?

名师按语

①史谷提的生活十分窘迫,这也成为他必须要猎杀大角羊的原因。

②说明史谷提的身体素质已经在下降了。

离开了几年的史谷提老头又回来了。①他就是个地道的流浪汉,像其他的山里人一样,他唯一的财产就是他的那间小屋。不过现在那间小屋也已经坍塌了。史谷提老头却没有急着修复他那间小屋。他要到处去看看,看看他走的这些年山里发生了什么变化。来到了他常去寻找猎物的高原,史谷提老头竟然发现了两大群大角羊,他高兴坏了,决定永远住在这里。于是,史谷提老头返回了自己的小屋,动手把它重新修整起来了。

即使年纪很大了,史谷提老头依然是个优秀的猎人。②他的动作依然灵敏,判断也依然快速准确。唯一的问题就是,他的眼睛已经花了,不好使了。现在的他,必须要借助双筒望远镜才能找到猎物。要知道他以前最瞧不起依赖望远镜的猎人了。

那一天,史谷提老头第一次在他的望远镜里看到了克拉格,他忍不住惊叹:“多美啊,这角多么漂亮啊。”

紧接着，他像是在给自己打气似的说："这角一定会是我的，我一定要得到它。"

于是，史谷提老头立即动身进山了。

③可是史谷提不知道，现在的落矶大角羊可不比从前了，现在的大角羊可是要聪明得多了——但也许，是以前的大角羊太笨了吧？史谷提带着他的猎枪在山里逛了好几个月，却一次都没能用肉眼见到克拉格。可是克拉格看到他可不止一次了。

有好多次，史谷提用望远镜远远地看到克拉格站在一片台地上，而等他费了好大的劲儿，用了好几个小时才赶到那个地方的时候，却发现克拉格已经消失了。有的时候，是克拉格真的离开了那个地方；更多的时候，克拉格只是无声无息地躲在一边观察老猎人而已。

没过多久，老史谷提在家接待了一个叫作"利"的客人，他是一个年轻的牛仔。利也很喜欢打猎，同时他还喜欢养狗和马。在这样的山里，马是派不上什么用处的。但是他还养了三条训练有素的俄国猎狗，这些狗倒是会有些用处。于是他就建议史谷提说："我们为什么不带上那几条狗和我们一起进山呢？"

但史谷提却嘲笑他说：④"只有你这样从平原来的人，才会想用狗来追捕大角羊，你根本就不了解大角羊的习性。也许你应该试试，能不能用你的狗找到大角羊的踪迹。"

名师按语

③对比现在的大角羊和过去的大角羊，说明在克拉格的领导下大角羊群得到了很大的发展。

④史谷提的话暗示了用猎狗围捕大角羊的方法并不可行。

名师点金

赏析·启示

发财梦破碎的史谷提又回到了故乡，重新拿起枪开始狩猎大角羊，和他一起的还有年轻的牛仔利。本章的故事性较强，大量描写了老猎人和年轻牛仔的对话，以及老猎人自己的心理活动。故事到此节奏开始加快，由史谷提的归来引起的各种骚乱通过文字清晰地展现了出来。

※学习·拓展

大角羊羊角的作用

随着科技的发展、人类的进步，人们开始挖掘一切对人类有益的物质，如大角羊的角。化学家们经过研究表明，大角羊的羊角含有多种化学成分，大角羊的角经酸水解后能获得赖氨酸、组氨酸、精氨酸、天冬氨酸、苏氨酸、丝氨酸等。医学家们不甘落后，他们发现以羊角入药，可以抑制小白鼠的中枢神经，延长睡眠时间；对家兔有降温解热的功效。

第十四章

名师导读

利带着他的猎狗和史谷提一起踏上了捕猎大角羊的路程,然而正如史谷提所想,利的三条猎狗都丢掉了性命,而大角羊却分毫未损。

卡克河位于甘达峰的南部,是一条高原河流。它发源于一个叫"史金克拉"的峡谷,这个峡谷大概有一百六七十米深。从峡谷中流出的卡克河在流经甘达峰南侧的时候,被一道倾斜的山峰拦住了。这道山峰是从甘达峰上延伸出来的,它倾斜延伸了很长的距离,尾部还像海角一样翘了起来。河流通过这里之后,就变得很湍急了。

这一片高原,正是落矶大角羊最好的①栖息地,史谷提和利带着三条猎狗,爬上了这片高原。他们意外地发现了克拉格的踪迹,但是当他们抵达看到克拉格的区域的时候,和以前一样,克拉格已经不见了踪影,只有一个硕大的大角羊的脚印还留在那里。若不是还有这个脚印,他们准以为自己是出现了幻觉呢。

这种情况,史谷提不是第一次遇到了。以往碰到这样的情况的时候,史谷提也只能自认倒霉,然后②打道回府。但是这一次不一样,他们还带着三条猎狗呢。三条猎

名师按语

① 栖息地:动物们休息、睡眠的地方。

② 打道回府:是旧时达官显贵们取道回程的文雅说法,现在人们也常用打道回府来表示取道回家或原路返回。

③面对危险时克拉格能够冷静面对，可以看出它的自信和勇敢。

④猎狗在捕猎中不但没能帮上忙，反而阻碍了猎人的行动，正印证了史谷提的说法，可见史谷提十分了解山里的情况。

⑤面对危险的时候克拉格没有独自逃走而是不断保护羊群，对羊群而言它是一个真正优秀的领导者。

狗跑到附近洼地的低矮的白桦树丛里，小心翼翼地搜索着，不一会儿，一只体型硕大的灰色的动物就从树丛里跑了出来。那只美丽的长角的动物，正是羊王克拉格！

③被从藏身之处逼出来的克拉格并没有丝毫的慌张，它像是一只蝴蝶一样，自在地在岩石间跳跃着。只见它时而上下跳跃，时而在两块岩石上左右跳动，时而一下跳出去很远。而克拉格的羊群，也跟着它一起跑了出去。三条忠诚的猎狗也马上跟了上去，紧紧地跟在猎物后面。

④史谷提和利都举起了枪，但是因为视线被几条猎狗挡得死死的，他们不敢开枪。最后，他们竟然连一发子弹都没有射出去。克拉格领头跑在前面，其他羊像是一条长龙一样跟在它的后面。羊群在山间自由地跳跃着，它们灵巧而敏捷，不久就跑进山里去了。

而跟在它们后面的猎狗，在平原上也许即便是克拉格也比不上它们的速度，但这里是高原，是大角羊的主场。所以猎狗们只能眼睁睁地看着大角羊群离它们的距离越来越远。

被挡住枪道完全无法开枪的史谷提和利只能选择分两路追击大角羊，现在这已经是最好的办法了。

克拉格带着羊群从台地一路向南跑。在有岩石的崎岖的路段，猎狗自然是追不上大角羊的。⑤但是一到了平坦的路段，猎狗总是很快就能追上来。这时，克拉格就要放慢脚步，来掩护队伍尾部的大角羊。好在平坦的路段都不长，不一会儿就又跑到崎岖的山路上了，大角羊就能轻易甩开猎狗了。

猎狗们一路追赶着大角羊，竟跑到了史金克拉山谷这边来了。大角羊们挤到了一起，它们知道，它们已经无路可逃了。这时，克拉格从后面赶了过来，它也看出了情况危急，于是，它拦在了大角羊群和猎狗之间，对着猎狗

小战马

摆出了攻击的姿态。它是大角羊群的羊王，即便被逼上了绝路，它也不会认输。况且，克拉格有自信能解决掉眼前的三条狗。

这个时候，大角羊群和猎狗终于拉开了距离。史谷提和利也终于找到开枪的机会了。两个猎人都开枪了，他们的子弹同时从克拉格的身边扫过，克拉格自知它是没有办法和猎枪抗衡的。那么现在，留给克拉格和它的羊群的，就只剩下一条出路了。那就是顺着卡克河的花岗山崖逃走。这么做是很危险，但是——

拦在克拉格面前的是三条凶神恶煞的猎狗，它们为了向主人表达忠诚，正⑥虎视眈眈地要扑过来。而给猎狗撑腰的，是两个手里端着枪的猎人，他们似乎已经可以确定，今天他们一定能满载而归了。背后的山崖很危险，但是眼前的猎人和猎狗却不会留给羊群一丝生存的机会。现在，已经没有选择的机会了。

⑦克拉格纵身跳下了山崖，但它并没有摔下去。大约十几米以下的地方，有一块就比它的鼻子大一点儿的块儿，克拉格准确地落在了上面。然后，它继续往下跳到了第二、第三、第四……块岩块上。大角羊橡皮吸盘似的宽大的蹄子稳稳地抓住了每一块岩块。最后，克拉格安全地落到了谷底的岩石上。⑧有了克拉格的示范，其余的大角羊也义无反顾地跟着跳了下去。数量庞大的大角羊群，像下雨，像下雪，更像是集体自杀似的，一只只地跳了下去。在向下的过程中，它们时而旋转，时而飞翔，时而跳跃，有时跳上 3 米，有时 5 米，有时 7 米，这些大角羊往下跳的样子好看极了。尽管整个跳跃的过程极其危险，只要一步出错，就可能立刻丧命。但是这群大角羊，总是能很好地控制它们的肌肉和蹄子，最后都安全到达了谷底。

在最后一只大角羊也跳到了第二块岩块上的时候，

名师按语

⑥虎视眈眈：形容贪婪而凶狠地注视。

⑦克拉格能够从高高的山崖上跳下还能安全着陆，表现了它的矫健灵敏。

⑧大角羊群跟着克拉格跳了下去，既能看出它们的勇敢，也能看出它们对克拉格的信任。

三条猎狗终于行动了,它们也跟着跳了下去。但生活在平原上的猎狗怎么可能掌握这项大角羊的独门秘籍呢?三条猎狗跳到空中之后,只来得及哀号挣扎几下就掉了下去。

克拉格领着羊群站在山崖谷底的卡克河边,山上年轻的猎人利正吹着口哨,呼唤着他的猎狗。而克拉格看着三只摔得扁平的黄白斑纹的猎狗顺着湍急的卡克河一路向下,往大海里漂去了。

终于赶到了山崖边上的史谷提和利既看不到羊群,也不见猎狗的影子。史谷提老头气得暴跳如雷,而利却伤心地呼唤着他的猎狗:"布兰,罗罗,爱达,你们在哪儿?"可是只有穿过史金克拉峡谷的风猎猎地响着,作为对他的回答。

名师点金

赏析·启示

正如老猎人史谷提预计的那样,猎狗在捕猎大角羊的过程中不但没能帮上忙,反而阻碍了猎人的脚步。最后,为了捉到大角羊,几只猎狗都丢掉了性命。本章对捕猎过程的描写详细而生动、惊险而刺激。作者为读者塑造了这样的克拉格:它冷静、自信,是所有大角羊的表率;它带着羊群在山间跳跃的画面形象生动;而它率领羊群跳下山崖、置之死地而后生的做法,更是展现出它超凡绝伦的勇气与智慧。

※学习·拓展

从落矶山脉发源的那些河流

北美几乎所有大河都发源于此。山脉以西的河流属太平洋水系,山脉以东的河流分别属北冰洋水系和大西洋水系。这些河流包括:阿肯色河、阿萨巴斯卡河、科罗拉多河、哥伦比亚河、弗雷塞河、库特奈河、密苏里河、皮斯河、普拉特河、格兰德河、萨斯喀彻温河、斯内克河、黄石河。

第十五章

名师导读

　　羊王克拉格的身上永远具备震撼人心的力量,它用智慧与勇气战胜了狼群,又用自己的魅力征服了自己的仇人。

　　一下子失去了三个亲密的伙伴,让利的心情变得很沮丧。他是个善良的牛仔,和老猎人史谷提本就不一样。①他在老猎人的小屋边上徘徊了一天,再也没有上山打猎的心情了。两三天后,当他被寒冷的风吹得清醒了些,才开始振作起来。

　　老猎人史谷提要他一起上山打猎,他也同意了。

　　老猎人从他的望远镜里看到了什么,他大声呼喊着利:"你看。那不是克拉格那只羊吗?它居然还活着,我还以为它已经掉到山下面摔死了呢。"

　　②利也用他的双筒望远镜观察到了克拉格,他觉得,他找到为死去的爱犬们报仇的机会了!

　　无论如何,动物的智慧都很难和人类抗衡。史谷提因为小瞧了克拉格的脑子,再加上一直是单枪匹马,所以吃了不少亏。但是老猎人终究是老猎人,史谷提不仅十分了解这一带的地形,而且也很了解克拉格它们的生活习惯。

名师按语

　　①利对猎狗的怀念证明他不是和史谷提一样冷血的猎人。

　　②此处凸显了利对他的猎狗的深厚感情。

名师按语

③通过语言描写，反映了史谷提很了解大角羊的习性。

④虽然情况和自己想的不一样，但史谷提并没有慌张，表明他对自己的判断很有自信。

例如说，他知道大角羊绝对不会走下风口，而且，它们不会离开有岩石的地方太远，一旦遇到了危险它们多会往东或西边跑。所以如果敌人在西边，它们就一定会往东边逃。

③所以史谷提对利说："我往西边走，你去东边那片岩石。我给你两个小时的时间，两个小时之后，我会把羊群往你的方向赶，那群羊往东边逃的时候一定会经过那片岩石的。"利马上动身前往埋伏地。

老猎人史谷提耐心地等了两个小时后，就开始往山脊上爬。他故意暴露着他的行踪，对着天空使劲挥舞着手臂。而山下一点儿动静都没有。④但是史谷提毫不慌张，他知道克拉格一定是在某个地方默默地观察着他。过了一会儿，他往他推测的克拉格藏身的地方走了过去。利一直坚守在他的岗位上，一动不动。果然，两个小时的时间刚过了没一会儿，克拉格巨大的身躯就出现了。它的身后还跟着三只母羊。它们从山脊上冒出头来，快速窜入了长满松林的低洼地带。然后，当它们再次在山脊上现身的时候，却都显得很恐惧。它们耳边向后，走得小心翼翼。

这是怎么了呢？原来，羊群听到了狼的叫声。从山下传来的并不是史谷提的枪声，而确确实实是很多狼集结在一起的叫声。如果是在岩石地上，它们完全不会感到害怕。大角羊在岩石上奔跑的速度要比狼快多了。但如果是在森林里，或是在这种平原上，就很危险了。狼更擅长在平原上奔跑。

只过了一分钟左右，五只毛茸茸的狼就跑了上来。这些毛发茂密的野兽在平原上奔跑起来就好像是旋风一样。狼追在羊的后面，羊则拼命地奔跑逃命。不一会儿，这些动物就跑成了一字型。

克拉格领头跑在最前面，紧跟在它身后的是三只母

小战马

羊,五只狼也紧紧跟在后面。⑤八只动物,每只和每只之间差不多都只差了一步左右的距离。它们所在的这片台地,越往东就越窄,但台地的尽头是一片岩石地,大角羊长期生活在这个地方,早就摸清了哪些地方才是安全地带,克拉格就带着母羊们往那里逃去。

可是在刚刚逃到桦树丛边缘的时候,最后面的那只母羊被树枝绊倒跟不上了。这时,它离最前面的那只狼只剩下两三米远的距离了。母羊惊恐地哀号起来,克拉格听到了母羊的哀号声,停下了脚步。它把三只母羊送到了安全的地方,准备和野狼正面交锋了。

⑥由于这一片区域过于狭窄,野狼们没有办法一起发动攻击,只能一只只地进攻。这些狼吃掉不止一两只大角羊了,这一次,它们也满以为可以轻松地吃到美味的羊肉。但它们失算了。第一只狼张牙舞爪地冲上来,克拉格狠狠地撞了上去,这只狼被撞飞了出去,砸在了它身后伙伴的身上,然后两只狼一起从山崖上摔了下去,都摔死了。

剩下的狼并没有犹豫,而是继续攻了上来。克拉格用它角上锋利的尖部迎了上去。克拉格的尖角和小时候一样锋利,它一下子就戳死了第三只狼,第四只狼也被克拉格用一样的方法戳死了。

这时就只剩下狼王了。狼群遭到了如此巨大的损失,如果剩下的狼王没有饿疯的话,它就应该要撤退了。但不幸的是狼王还是选择发起进攻。狼王毫不犹豫地扑了上来,而克拉格好像也被这种气氛感染了,充满了战斗的欲望。克拉格向狼王冲了过去,两只动物就这样撞到了一起,一撞之下,狼王也被撞飞了出去,撞到后面一块岩石上,摔死了。

克拉格用大角挑起狼王的尸体,像对待一个破布娃

名师按语

娃似的，把狼王的尸体甩飞了出去，看着它撞到一块石头上，又掉下了山崖。克拉格像一个打了胜仗的将军一样，骄傲地回到了它的母羊身边。然后带着它的母羊们，钻入岩石丛中消失了。

这场惊险的争斗发生的地点距离利埋伏的地方也就50米远，但他一直没有动作。目睹了刚才的那场战斗，利突然觉得自己已经下不了手了，他放弃了这个最佳的射击距离。

⑦作者通过语言描写侧面烘托了克拉格的魅力。

⑦"你真是个伟大的羊王。虽然你害死了我的狗，但我已经不介意了。"年轻的利是这样想的。克拉格永远不会知道它曾经离危险这样近，史谷提老头也不会知道他的盟友已经彻底改变想法了。

名师点金

赏析·启示

克拉格和三只母羊在逃跑的过程中遇到了一群恶狼。面对狼群克拉格毫不畏惧，它在确保了母羊的安全后独自面对狼群，并杀死了所有的狼。作者对克拉格和狼群战斗的描写很细致，充分表现了克拉格的强壮和英武。看到这样的情景后，本来埋伏着企图杀死克拉格的利感到了震撼，他改变了对克拉格的看法。克拉格是真正的英雄，它具有傲视群英、俯瞰天下的霸气，即便是敌人也为之叹服。

小战马

※学习·拓展

狼群和狼王

狼群有领域性,并通常只在自己的领域活动。狼群与狼群之间的领域范围不重叠,它们会以嚎声向其他群宣告范围。如果狼群内个体数量增加,领域范围就会不够大导致部分外迁。幼狼成长后,会留在群内照顾弟妹,也可能继承群内优势地位,有的则会迁移出去(大多为雄狼)。还有一些情况下会出现迁徙狼。迁徙狼以百来头为一群,可能来自不同家庭,等级也不尽相同,各个小团体原狼首领会成为头狼,头狼中最出众的则会成为狼王。

第十六章

名师导读

　　史谷提打中了克拉格的羊角，为了保护羊群，克拉格离开了羊群。在史谷提的紧追不舍下，克拉格和史谷提开始了不死不休的追逐生涯。

名师按语

①作者引证典故，讽刺了那些愚蠢的猎人。

　　①传说古希腊有一个呆子，为了引起世人的注意，他毁坏了世界上最美的建筑物之一——"巴特农神殿"。现在这些猎人把猎物的头和角挂在家里来炫耀他们的不凡，自以为是占有了世界上最珍贵的宝物。可是这些愚笨的人不知道，他们到底毁掉了多少真正的宝物。

　　不知道又过了多少年，越来越多的猎人见到了克拉格，他们宣扬着克拉格头上那对美丽的大角。传着传着，这件事就传到了大都会里那些做珍贵物品买卖的商人的耳朵里。他们愿意出大价钱来收购克拉格的大角，这就刺激了更多的人到山里捕捉克拉格。可是这些人都是兴冲冲地进了山却失望地两手空空而归。

　　这时，老猎人史谷提依然过着贫困潦倒的生活。他也听说了这件事，就急匆匆地和几个熟悉的猎人一起进山捕捉克拉格。

　　有一次，他们终于发现了带着三只母羊的克拉格，他

小战马

们跟踪了它整整三天，最后还是把它跟丢了。史谷提的伙伴们都想放弃了，他们说："想要发大财的话，又不是只有这一个机会，我们这样跟着那只羊要到什么时候？我们不干了！"于是，他们都离开了。

史谷提老头虽然跟着一块儿下了山，但是在回到小屋后，他却开始为进山待更久的时间做起了准备。②他准备了枪、毛毡、烟斗、烟丝、火柴、锅、一包包的肉干，他带着他全部的行李——也是他全部的财产——进山了。第二天，史谷提只身返回了高原。他找到了一些大角羊的脚印，这些脚印很凌乱，是很多大角羊留下的。但即便如此，克拉格的脚印还是特别明显，因为它的脚印比别的大角羊的脚印都要大上很多。史谷提老头用望远镜搜索着克拉格，但是他并没有发现大角羊群的踪迹。晚上，他就留在发现大角羊脚印的地方宿营。

第二天一早，史谷提老头就又顺着那些脚印追踪了下去。几个小时之后，他发现脚印发生了变化。克拉格好像是停了下来。难道它已经发现有人跟踪了吗？而这之后，大角羊群就排成了一字型，一路往一片牧草地跑去了。

③史谷提死死地跟在大角羊群的后面。白天，他就不停地追踪着大角羊群的脚印，沿着它们行进的方向追赶；晚上，极度疲惫之下，他就找个平坦的地方随便窝下来睡一觉。就这样，他始终没有跟上大角羊群，但也没有追丢。有一两次，他甚至已经看到了羊群，它们正排成一行，向南方进发。

而这个时候，羊群的状况也并不好。克拉格早就发现它们被老对手跟上了。但这一次，羊群始终无法摆脱这个追踪者。在夜幕又一次低垂的时候，羊群已经被逼到了卡克河南边的尽头。

羊群不知道要往哪个方向走，克拉格本想带着它们

名师按语

②为了进山，史谷提带上了他全部的财产，表现出了他捕捉到克拉格的决心。

③为了捕捉克拉格，史谷提不辞辛苦，他这次行动下了很大的决心，一定要成功。

名师按语

④受到攻击后，克拉格还是能在第一时间下达对羊群有利的指令，可以看出克拉格是一只非常优秀的头羊。

⑤史谷提十分熟悉大角羊活动区的地形，这使克拉格的逃亡变得更加困难。

沿着东边的缓坡悄悄地往回返。但就在这个时候，"砰"的一声，一颗子弹打中了它的大角。

大角羊的角一旦被打中，大角羊就会头晕目眩，暂时失去反抗能力。④克拉格现在也觉得头晕目眩，但它还是控制着自己，对羊群发出了警告："不要管我了，你们赶快各自逃命去吧。"羊群迅速陷入慌乱中，毫无组织地四散奔逃。有好多大角羊都进入了史谷提的射程。然而史谷提这次的目标很明确，他只想得到克拉格的大角。这些慌乱的羊他压根看都不看。

克拉格忍着剧烈的头晕向东逃跑了，史谷提赶到后只看到了克拉格的脚印，他骂骂咧咧，汗流浃背地追上去了。

在接下来的几天里，史谷提一直对克拉格紧追不舍。

到了第五天的时候，他们已经穿过了泰利湖畔。⑤史谷提极其熟悉这一带的地形。他知道，虽然克拉格一路向东飞奔，但因为这里的地形就像是一个袋子，它们进来的地方宽，而可以出去的出口却很窄，所以他只需要到那个出口处埋伏着等待克拉格跑出来就可以了。没想到他刚到那里就刮起了西风。西风是从落矶山上刮下来的湿润的风。西风一起，就说明要下雪了。果然没过多久，就下起雪来。雪越下越大，才不过半个小时的工夫，雪已经达到人勉强才能睁开眼的地步了，视野更是连20米都不到了。大雪下了二三十分钟才渐渐变小，直到两个小时之后，天才算是彻底晴了。

史谷提已经在这里埋伏了一个小时了，但他还没见到克拉格的踪迹。他只得进到山谷里查看。山谷里，只有一些不明显的酒窝样的脚印，这些脚印，在山石下面会更明显一些。克拉格借着刚才雪下得最大、史谷提视线不清的那段时间，就在他眼皮子底下溜出了山谷，成功逃跑了。要不是这场大雪，这次克拉格是绝对跑不掉的。

小战马

伟大的西风母亲，这些自然界中长着四只蹄子的生灵才是你最爱的孩子吗？你一次次地帮助了它们，使它们免于不幸。西风啊西风，伟大的西风母亲，你真的只是一团流动的空气吗？还是你是古希腊、古印度人口中的更高级的、更伟大的、更具智慧的某种事物呢？又或者其实你就是造物主本身的化身呢？你用大雪遮住了比狼还要凶恶的猎人的眼睛，你是想让世人知道，你要谁生谁就生，要谁死谁就死吗？那么，你在克拉格刚一出生的时候就安排他们见了面，如今，你又让他们相见，这又是怎样的目的呢？

名师点金

赏析·启示

作者在本章开篇的时候，引证古希腊的实例，以巴特农神殿赞誉美好的克拉格，以呆子影射追逐名利的猎人。并用呆子毁掉巴特农神殿来暗示克拉格的结局。作者把克拉格放在宏大的"史诗"中，而英雄的克拉格与猎人史谷提之间的纠葛仿佛就是英雄的宿命。本章结尾处道出作者长久以来的疑惑，作者大胆质问大自然：你若不爱这些四蹄精灵，为何要保护它们；你若爱它们，为何又要给它们一个宿命的敌人？这是对整个世界的拷问，也是对全人类的拷问。

※学习·拓展

西风带

北纬 40°~60° 之间的大陆西岸地区，全年盛行西风，受海洋暖湿气流的影响，年降水量一般在 700~1000 毫米之间，终年湿润，气温年变化较小，冬季不冷，夏季不热，形成温带海洋性气候。欧洲大西洋、美洲太平洋沿岸等地区都属于这种气候。西风带的风力巨大和持久主要由于以下两个原因造成的，首先是地球自转对空气流动的方向起着主导作用，其次是中纬度地区温差大，热量消耗也大，上下对流旺盛，引起强劲的大风。

第十七章

 名师导读

　　史谷提一直追踪着克拉格,从没放弃猎杀它的目标。然而在长期的被追捕的生涯中,克拉格对史谷提产生了奇怪的依赖。

名师按语

①史谷提十分清楚大角羊的行为模式,可以看出他十分擅长狩猎。

②史谷提的话表现出他凶残的本性和他一定要得到克拉格的角的决心。

①史谷提老头可以肯定,克拉格一定是逃到金特拉湖附近的山地去了,所以这一次,他并没有试图寻找到克拉格的脚印,而是直接往金克拉湖的方向去了。第二天,史谷提来到了一大片草原,他无意间发现岩石下面好像藏着什么东西。他仔细一看,那不就是克拉格吗?于是,他子弹上膛,小心地靠近那个地方。可是当他来到岩石下的时候,才发现克拉格已经不在那个地方了。史谷提抬起头,看到克拉格在500米之外的地方。原来,刚刚不仅仅是史谷提发现了克拉格,克拉格也看到了史谷提。

　　史谷提默默地看着克拉格,克拉格也看着史谷提,②史谷提突然恶狠狠地说:"克拉格,我不相信什么运气。我就是你背后的死神,你是无论如何也摆脱不了死神的,所以,你也别指望能摆脱我。你的角,最后一定会属于我!"但是他们之间的距离毕竟是太远了,克拉格一看到史谷提手里的枪冒烟就跑开了。史谷提的子弹只打到了克拉格背后的雪。克拉格转身往东边逃去了，一下子就拉开了和史谷提的距离。③史谷提并没有放弃，他沿着克拉格的足迹追了过去。这个时候他已经没什么力气了，但是他强烈的想要得到克拉格的大角的欲望支撑着他，让他没有倒下去。

史谷提又追了克拉格整整一天，夜晚到来的时候，他们都疲惫了，需要休息了。而到了白天，他们又会一个不停地追，一个拼命地跑。虽然克拉格始终在史谷提的视线范围内，但却从来不会挨近他500米之内。而史谷提手里的枪，超过500米就没有什么准头了。史谷提老头一直找机会拉近和克拉格的距离，但是一直都没有机会。

④史谷提老头不会知道，克拉格现在的行为是故意的，以它的脚力和强壮的体格，克拉格本可以轻松地甩掉史谷提老头的。但是它保持了和史谷提老头500米左右的距离。这样，它更容易判断史谷提下一步的动向。

可是克拉格为什么要这样做呢？它为什么不直接远远地逃走呢？其实克拉格现在的体力也快要达到极限了，这几天史谷提老头还能用带来的肉干充饥。即便肉干吃完了，也还可以打一些野兔、野鸡之类的。但是在这冰天雪地里，克拉格很难找到食物，从上次大雪之后，克拉格就再也没好好休息过，也没有好好吃过一次东西了。它已经饿坏了，每时每刻都在忍受着饥饿的煎熬。

克拉格为了逃开史谷提的追踪，不得不一直奔跑着，这就消耗了它更多的体力。虽然它的体型依然健壮，四肢也依然有力，但实际上它已经很虚弱了。它的肚子都已经完全瘪了下来。

史谷提老头追捕克拉格已经六个星期了。无论是人还是羊都已经极度疲倦了，只剩下意志力支撑着他们，让他们不至于倒下去。

名师按语

③表现出史谷提迫切地想要猎杀到克拉格。

④展现出克拉格的智慧。在面对追捕时，它不是一味地逃跑，而是会理智地判断形势后再行动。

名师按语

⑤虽然已经极度虚弱，但无论是史谷提还是克拉格都没有放弃，表现出在这场生死追逐中双方都很执着。

⑥克拉格和史谷提的相处方式反映出它对史谷提产生了依赖。

⑤每天早上，当史谷提老头从他藏身的山洞里走出来的时候，总会对远方模糊的克拉格的影子大喊："克拉格，我们开始吧！"而这时，克拉格也会回应似的低叫几声，然后转身跑走。但无论什么时候，克拉格距离史谷提的距离都不会低于500米。

当史谷提休息的时候，克拉格就会趁机寻找食物来充饥。⑥史谷提隐藏起来，从克拉格的视野中消失的时候，克拉格也会变得格外谨慎，它总要慌慌张张地逃走的。而当史谷提待在原地一动不动的时候，克拉格却会回来小心地但却认真地观察史谷提老头。

整整十个星期的时间，老猎人史谷提和大角羊王克拉格就用这种奇怪的方式相处着。在这样的朝夕相处之中，他们之间竟然产生了某种奇怪的默契。在克拉格看来，史谷提老头已经成为某种不致命的却避无可避的危险。有时，当史谷提老头失去克拉格的踪迹的时候，克拉格还会主动露出头来，让老猎人发现自己。

一天早上，老猎人醒来，拿起望远镜寻找克拉格的身影，忽然听到背后大角羊发出的鼻息声，他回过头，发现克拉格正在他身后很远的地方。原来就在前一天晚上，风向已经改变了，克拉格也改变了行进的方向。还有一次，克拉格从一条溪流上跳过，当老猎人用了两个小时才很不容易过去了的时候，他发现，克拉格竟然还在离他不远的地方。不知道为什么，克拉格居然回来找他了！

勇敢而健壮的羊王啊，到底是什么让你对你的天敌产生了这样依赖的情感啊。要知道，甘达峰的老猎人史谷提是一个狠心的人啊。你这样的感情，只会把你推往死亡的深渊。

小战马

名师点金

赏析·启示

克拉格和史谷提的纠缠远远没有结束,老猎人早已下定决心杀死克拉格,得到它的大角。而克拉格却在和老猎人相处的过程中对老猎人产生了奇怪的依赖。这对克拉格而言,无疑是危险的,也为它的结局埋下了伏笔。本章细腻地描写了史谷提和克拉格之间惊险刺激的追逐过程,让读者仿佛身临其境。同时,作者又用大量的细节描写将克拉格纯真的动物本性展现了出来,让人不禁为大角王克拉格的命运担心。

※学习·拓展

大角羊的生活习性

大角羊喜欢生活在自然形成的多岩干燥的山区,它们是对付硬东西的专家。它们那又长又宽的臼齿是在长期磨碎食物的过程中进化出来的。羊是反刍性动物。它的瘤胃是消化道里的一个特殊空间,在那里细菌将食物纤维分解,食物也在那里发酵。在胃开始对剩下的东西消化之前,一些营养直接从瘤胃进入到血管。甚至当食物进入肠以后,羊的消化过程仍然在继续。羊总是在咀嚼反刍食物,把从瘤胃里反馈回来的食物再消化一遍,没有任何东西被浪费掉。

第十八章

名师导读

　　熟悉了克拉格习惯的史谷提设下了诡计，终于杀死了克拉格并取得了它的角。但是在杀死克拉格后，史谷提却产生了奇怪的感受。

名师按语

①表现出旷日持久的追逐对人和大角羊的身体都造成了极大的伤害，也能看出双方谁都不能让步，都不肯放弃。

　　那年的整个冬天，克拉格和史谷提就保持着近则五六百米，远则七八百米的距离，他们几乎跑遍了高原的每一个角落。①在追逐的过程中，他们都快速地衰老了：史谷提的头发变得花白，身材也不再挺拔，他看起来就像是个普通的老人了；克拉格肩部的毛发也渐渐变成了灰白的颜色，它变得越来越瘦弱，只有那双美丽的金色的眼睛和那弯弯的大角依然没有任何改变。在这个冬天里，人和羊都是一副随时可能会倒下的样子。

　　三个月之后，他们回到了克拉格的故乡甘达峰。在这三个月十二周的时间里，克拉格带着史谷提跋涉了十余座山峰，八百多里的距离。现在，他们都坐在甘达峰上休息了。克拉格坐在一个山脊上，史谷提则坐在离它六七百米外的另一个山脊上。

　　史谷提一边看着不远处的克拉格，一边悠闲地抽起烟来。克拉格坐在那里一动不动，它太累了，需要休息了。

名师按语

②展现出史谷提的阴险狡诈，他想要杀死克拉格的念头一直没有改变过。

③表现出对克拉格命运的担忧，可以看出作者对克拉格的关心和爱。

而只要史谷提还在它的视线里，还守着它，它就不会离开的。史谷提老头想到这儿，脑海中出现了一个险恶的念头。②他找来一些树枝和枯草，扎成了一个稻草人，然后给稻草人穿上了自己的衣服，摆在他刚刚待着的地方。而他自己则爬到山脊的另一个方向，匍匐着接近克拉格。克拉格坐在那里，强壮而美丽，它强壮得像是一头公牛，又姿态优美得仿佛一头鹿。尽管一个冬天的饥饿让它显示出了一些虚弱的老态，但这头甘达峰的大角羊王依然美得惊人。

这时的克拉格也有一些焦躁，为什么老猎人一直待在那里一动不动呢？它一边喷着气，一边用蹄子刨着地。克拉格仔细地四处观察着，有几次它好像已经发现老猎人了，但视线却被山脊挡住了。就这样，克拉格失去了逃生的机会。

史谷提老头用了一个小时的时间，终于爬到了距离克拉格只有300米的地方。但还有一道宽阔的、布满积雪的平原挡在他们之间。史谷提往自己的身上撒了一把雪，继续接近克拉格。最后，他爬到了离克拉格只有50米的地方了。他缓缓地举起了枪。

③哦，克拉格最慈爱最有力量的西风妈妈啊，甘达峰上总是有着数百吨积雪的啊，只要你再发挥一次神力，你最喜爱的孩子，甘达峰最伟大的羊王克拉格就能够获救了啊！西风妈妈啊，是你已经失去你的神力了吗？还是你失去了对克拉格的爱了呢？伟大而美丽的克拉格啊，你真的要为人类的贪婪而失去自己的生命了吗？甘达峰上的鸟儿啊，你们不是大角羊最好的盟友吗？现在，在这样温暖的天气，为什么一只鸟都不见踪影呢？到底是什么，在冥冥中看着克拉格注视着假想的敌人，一步步地走向死亡呢？

小战马

④史谷提举枪的手颤抖着，从前一次解决二十条人命的时候他的手也不曾像这样颤抖。他几乎要握不住自己的枪了。史谷提稳了又稳，终于射出了一颗子弹。轻微的子弹的声音划破了山中的宁静，积雪在枪声中滑落，发出巨大的噪音。史谷提只得迅速隐藏起来。过了一会儿，他才小心地探出头来。

结果到底是什么样的？克拉格到底是被打中了，还是已经逃走了？

史谷提往克拉格所在的山脊望去，在那儿，一个灰色的巨大的物体倒在那里，一对形状优美的羊角在上面卷曲着……

那是多么漂亮的一对角啊！角尖已经不像小的时候那样的锋利，而是变得圆圆钝钝的。仔细地观察这对角，就能从上面找到克拉格十五年完整的生命⑤轨迹。

小的时候，克拉格就是凭借着它那对尖利的角才在和小伙伴们的决斗中屡战屡胜；它角上那个小小的裂痕，是它第一次为了爱情和别的大角羊战斗留下来的战利品；角尖上虽然看不出来，但一定有很多想要把它当作食物的野狼的血。克拉格的生命，是多么的波澜壮阔，是多么的不平凡啊。

史谷提走到羊王巨大的尸体旁，他几乎不敢相信，十几年的等待，三个月的追捕，现在，他终于成功了！克拉格躺在那里，眼睛睁得大大的，它金色的眼睛并没有随着它的死亡而涣散，还保持着它生前的样子。⑥史谷提老头突然产生了一种奇怪的想法："它要是能活过来就好了，它要是能活过来就好了……"老猎人产生了这样的想法，他想把这颗美丽的头也带回去。这想法，或许就和猎豹在捕捉到猎物之后，总是要先玩弄一番才杀死差不多吧。⑦史谷提利落地剥开克拉格的头皮，把它的头割了下来。为了

名师按语

④史谷提颤抖的手表现出他对能猎杀克拉格感到极度兴奋。

⑤轨迹：比喻人生经历的事物发展的道路。

⑥表现出在面对克拉格的死亡时，史谷提的心态产生了变化。

⑦史谷提的行为表现出他作为一个猎人的残忍。

在回去的路上充饥，他还切了一些羊肉下来。然后，他才扛着克拉格沉重的头颅下山去。几个月的追捕，也几乎把史谷提的精力耗尽了，他背着那颗巨大的头颅，背都弯成了弓形。但他还是回来了，回到了他阔别十二个星期的小屋。

名师点金

赏析·启示

克拉格对史谷提的依赖终于害了它，它被史谷提杀死了。本章详细记述了史谷提设下诡计杀死克拉格的过程，字里行间体现出对克拉格即将遭遇的厄运的担心，让人不禁为之动容。

※学习·拓展

雪 崩

当山坡积雪内部的内聚力抗拒不了它所受到的重力拉引时，便向下滑动，引起大量雪体崩塌，人们把这种自然现象称作雪崩。也有的地方把它叫作"雪塌方""雪流沙"或"推山雪"。同时，它还能引起山体滑坡、山崩和泥石流等可怕的自然现象。因此，雪崩被人们列为积雪山区的一种严重自然灾害。

小战马

第十九章

· 名师导读 ·

终于完成了一直以来梦想的史谷提并没有感到轻松,他感到自己一直被克拉格的阴影追逐着。这个双手沾满了克拉格鲜血的老猎人最终的命运会是怎样的呢?

听说史谷提老头得到了克拉格的羊角的事后,很多人都想用大价钱来购买。可是史谷提老头的反应却一反常态,他总是说:

①"你们想用钱来买它? 别做梦了,别做梦了!"他带着克拉格的头来到城里的标本店,委托老板把克拉格的头做成标本。老板在做这一单活的时候,也格外地用心。几天之后, 史谷提带着克拉格头颅的标本走了几百里的山路,回到了他的小屋。他拆开了包装,把标本挂到了光线最好的那面墙上。标本店老板的技术确实很好,克拉格的头看起来和生前一模一样,那弯弯的大角看起来依然完美,那双金色的大眼睛似乎在注视着他一样。②看着克拉格的眼睛,史谷提忍不住回想起他抬枪开枪的画面。一遍遍地回想几乎要把史谷提老头逼疯了,他用一块布把克拉格的头遮了起来。他从不轻易掀开那块布,对克拉格的事更是闭口不谈。

名师按语

①史谷提猎杀克拉格原本是为了赚钱,但现在他却不愿意卖掉克拉格的大羊角,表现出他心境的变化。

②表现出杀死克拉格让史谷提十分内疚,无法面对自己。

名师按语

③用史谷提捕猎到克拉格之前和之后做对比，显示出在猎杀克拉格之后他自己的日子也并不好过。

④头也没抬表现出史谷提十分害怕克拉格的头。

⑤史谷提一直无法摆脱克拉格的阴影，真正在追逐他的并不是克拉格，而是他自己内心的愧疚。

一个和史谷提相熟的人曾经说："有一次我掀开了那块布，你们是不知道，他当时的表情，太怪了，实在是形容不出来啊！"

史谷提老头自己呢，他总是这样说："你们以为那是我的羊角吗？不！不！它总想着报复我呢！"

③自打杀死克拉格以后，史谷提老头就被尊称为"史老"。但是自那以后，他只出去打过两次猎。追捕克拉格的那几个月，让他的身体状况大不如前了。现在，他靠着一口破锅淘金为生。不管什么时候，他看起来总是一副失魂落魄的样子。一次一个老朋友来看他，他们坐在壁炉前聊天，一聊就是几个钟头。他的朋友问他："史谷提，杀死克拉格的真的是你吗？"

史谷提老头点点头，表示肯定。他的朋友就恳求他说："那么，就让我看看它吧！"

"就挂在那儿，你要看就自己看去吧！"④史谷提指着标本，头也没抬地说。

他的朋友掀开盖在克拉格头上的布。他不停地赞叹着，称赞它的美丽与不凡。史谷提老头看着在壁炉的火光映射下几乎变成了红色的克拉格的眼睛，感觉自己读出了其中的愤怒。"你看完了吗？看完了就快点儿把它遮回去吧。"

"你要是这么不安，为什么不把它卖了呢？我认识一个纽约的收藏家，他表示无论你要多少钱，他都愿意买。"他的朋友是这样对他说的。

⑤史谷提老头愤怒了："不，你不要说了！我是绝对不会和它分开的！我追捕了它十二个星期，现在，它又来追踪我、报复我了！在那几个月的时间里，它耗损了我的健康，让我变成了一个孱弱无力的老头，在这之后四年的时间里，它还一直跟着我，让我成了半个疯子！可是我知道，

小 战 马

它是不会放过我的,在它完成它的报复前,它是决不会停手的!你听到了吗?西风也是它的帮手!那天,我就在屋里坐着,一阵西风吹了进来,那声音,就像是它死之前的长叹!我们的战斗还没有结束,最后的战场,就是这个小破屋!"

那天晚上,史谷提的小屋外就刮起了风,夹杂着雪花的西风发出了"咻——咻——"的声音,有一两次,那风吹着长声,从门缝里钻了进来。小屋的门栓"噼里啪啦"地乱跳乱响,盖在克拉格头上的布也被风吹得不停地乱动。这一次,也不用史谷提再说什么了,他的朋友已经吓得脸都白了。

第二天一早,雪还在下着,而且越下越大,而史谷提的朋友却迫不及待地告辞了。风越刮越大,雪也越下越大,地上的积雪已经很厚很厚了。

到了夜晚,风已经很大很大了。那风就像是印度人或是希腊人笔下的传说似的,活物一样,从这个山头飞到那个山头。这愤怒的天使,强力的天神,一边飞着,一边唱着胜利者的歌谣:

> 我是自然界的妈妈,
>
> 现在让你来尝尝,
>
> 风儿,雪儿,快快来!
>
> 妈妈今天发了威!

西风的歌传遍了高原。在这歌声里,一切的一切都行动起来了!⑥雪被风带到了干燥的区域,落了下来,变成了湖;有些湖水却被冻结了。而在甘达峰下,西风妈妈展示了她的愤怒。风嘶吼着,雪从山上一路下落,冲刷万物似的一路奔腾而下,从峰顶到山脊,从山脊到岩棚,再到台地,冲倒了阻碍它的一切树木。倾泻而下的雪,就这样一路向下,一路向下……

⑥描写了在猛烈的西风下雪的恐怖,也暗示出史谷提的小屋根本无法幸免。

名师按语

⑦史谷提和他的小屋与克拉格的头的状况形成了对比,更加具有故事性和震撼力。

史谷提老头的小屋,就在那条路上。他的屋子,屋子里的一切包括他自己,转瞬之间就都消失了。不过史谷提早就预测到了,这是克拉格的西风妈妈来报仇了。

转年的春天到了,积雪开始融化,史谷提的小屋终于再次露了出来。⑦那屋子已经被完全毁掉了,没有一件家具是完整的。只有克拉格的头,没有受到一丝一毫的损坏。它的角,没有一点儿残破的痕迹;它的琥珀色的眼睛,依然明亮。在它的头下,有一堆破烂的衣物、骨头,还有一把灰色的头发……

时至今日,谁还记得杀死克拉格的是谁呢?史谷提早就被人遗忘了。而克拉格的头颅却作为国王最最珍贵的宝物,被悬挂在他的宫殿里。每一个来参观的人,都会一次次地重提克拉格不平凡的一生!

名师点金

赏析·启示

史谷提老头杀死了克拉格,看起来他才是胜利者。但从史谷提突然的转变和他与朋友的对话可以看出,他十分地不安和恐惧,一直害怕克拉格回来报复。作为故事的结局部分,本章浓墨重彩地描写了杀死克拉格之后史谷提内心的恐惧和他死在暴雪中的过程。对西风妈妈拟人化的描写更是震撼人心。

小战马

动物标本制作

动物标本制作需要经历采集、整理、固定、保存四个大的阶段。其中整理阶段最复杂,需要进行整理标本、恢复动物自然状态、麻醉和杀死四个步骤,在"杀死"时动物经一定时间麻醉后(麻醉时间不能过长),要使用适当药剂迅速将其杀死,以保持其外形正常和内部器官的完整。杀死药剂常用的有 5%~10%福尔马林、80%~95%酒精、无水酒精等。保存标本常用的方法是浸液保存。

知识精练

一、选择题

1.《小战马》的作者是_____国作家_____,他在_____出生,和美国总统_____是好友。

2.黄狗没有_____的速度,但不会患_____、_____;没有_____的力量,但却有_____。

3."我"看到_____正在追逐一头狼,_____最终杀死了狼。"我"想要得到它,但它的主人只同意卖给我_____。

4."我"在捕狼时落入了_____中无法脱身,更糟糕的是入夜之后又来了_____,最后是_____及时赶到,救了我的性命。

5.米克想要得到长耳野兔_____,他要得到这只长耳野兔就必须_____。

6.山猫妈妈为了给孩子们找到足够的食物来到了一个山洞,它认为自己抓到了一只_____,但事实上那是一只_____。

7._____是个城里孩子,但他在乡下表现得很勇敢,在重病时仍与_____顽强战斗,保卫了自己和两个女孩的生命。

8.落矶大角羊生活在_____,在故事里_____被黑熊咬死了,_____则成功逃脱了。

9.长瘤子的小羊和它的妈妈加入了_____的羊群,在这个羊群里只有_____,长瘤子的小羊常被_____欺负。

二、选择题

1.在乌利新家所在的村子附近有一只巨大的凶狠的狐狸,这只狐狸经常袭击村民的牲畜。只有_____家的因为有乌利的看守得以幸免于难。

    A.迪格比   B.卡罗尔   C.多利   D.柯尔特

2.戈登和奥利弗为了他们的狗柯利和宾果产生了无法调节的矛盾,这是因为_____。

A.宾果咬死了柯利

B.宾果带柯利去吃有毒的马肉,柯利被毒死了

C.宾果晚上带柯利出门,让柯利被狼咬死了

D.宾果和柯利发生了争斗,奥利弗为了帮他的狗打死了柯利

3.长耳野兔的毛变成黑白相间是为了_____。

A.告诉敌人它们在追击的是一只长耳野兔,这种动物跑得很快,不容易被捉到

B.方便自己隐藏在环境之中,用颜色迷惑敌人,让敌人不容易发现自己

C.警告敌人它们想捕捉的这种猎物是危险的,而且还有毒

4.小战马最后的命运是_____。

A.被猎狗咬死了　　　　　　B.被裁判开枪打死了

C.依然要参加比赛　　　　　D.获得了自由

5.科尼离开后不久,剩下的三个人就都生病了。就在这时_____来到了他们的家,_____和这个不速之客发生了争斗。

A.豪猪　卢　　B.豪猪　索博恩　　C.山猫　卢　　D.山猫　索博恩

6.夏天到了,羊群里的羊都得了奇怪的病,羊群的头羊"聪明羊"把羊群带到了山下。在这里它们用_____治好了它们的病。

A.羽扇豆花　　　　B.盐　　　　　C.雪水　　　　D.草药

7.克拉格和它的伙伴们最终离开了它们成长的羊群,这是因为_____。

A.羊群的头羊,也就是克拉格的妈妈不允许它们继续生活在羊群里

B.克拉格这群年轻的公羊想离开羊群找到自己的家族

C.羊群新来的公羊不允许克拉格这些快要成年的公羊继续留在羊群

D.克拉格它们已经长大,希望离开羊群成家生子

8.史谷提老头一直追杀克拉格是因为_____。

A.有人出重金买克拉格的角

B.史谷提老头对抓住克拉格产生了执念

C.史谷提老头被克拉格重伤过,要找它报仇

三、阅读理解

自打杀死克拉格以后,史谷提老头就被尊称为"史老"。但是自那以后,他只出去打过两次猎。追捕克拉格的那几个月,让他的身体状况大不如前了。现在,他靠着一口破锅淘金为生。不管什么时候,他看起来总是一副失魂落魄的样子。一次一个老朋友来看他,他们坐在壁炉前聊天,一聊就是几个钟头。他的朋友问他:"史谷提,杀死克拉格的真的是你吗?"

史谷提老头点点头,表示肯定。他的朋友就恳求他说:"那么,就让我看看它吧!"

"就挂在那儿,你要看就自己看去吧!"史谷提指着标本,头也没抬地说。

他的朋友掀开盖在克拉格头上的布。他不停地赞叹着,称赞它的美丽与不凡。史谷提老头看着在壁炉的火光映射下几乎变成了红色的克拉格的眼睛,感觉自己读出了其中的愤怒。"你看完了吗? 看完了就快点儿把它遮回去吧。"

"你要是这么不安,为什么不把它卖了呢? 我认识一个纽约的收藏家,他表示无论你要多少钱,他都愿意买。"他的朋友是这样对他说的。

史谷提老头愤怒了:"不,你不要说了!我是绝对不会和它分开的!我追捕了它十二个星期,现在,它又来追踪我、报复我了! 在那几个月的时间里,它耗损了我的健康,让我变成了一个孱弱无力的老头,在这之后四年的时间里,它还一直跟着我,让我成了半个疯子! 可是我知道,它是不会放过我的,在它完成它的报复前,它是绝不会停手的! 你听到了吗? 西风也是它的帮手! 那天,我就在屋里坐着,一阵西风吹了进来,那声音,就像是它死之前的长叹! 我们的战斗还没有结束,最后的战场,就是这个小破屋! "

1.史谷提老头的朋友建议他怎么处理克拉格的头? 史谷提老头为什么不同意呢?

2.你认为这时史谷提老头的精神状况如何? 他为什么会变成这个样子呢?

四、作文。写一写你与动物之间的故事,题材不限。

参考答案

一、填空题

1. 加拿大　欧·汤·西顿　英国　西奥多·罗斯福

2. 灵缇犬　肺结核　皮肤病　牛头犬　生存智慧

3. 一只柯利牧羊犬　牧羊犬　一只狗崽

4. 捕狼器　三只狼　宾果

5. 小战马　要小战马获得13场胜利

6. 大鸱鸮　母鸡

7. 索博恩　山猫

8. 甘达峰　白鼻子小羊和它的妈妈　长瘤子的小羊和它的妈妈

9. "聪明羊"　母羊和小羊　粗角

二、选择题

1.C　2.B　3.A　4.D　5.D　6.B　7.C　8.B

三、阅读理解

1.史谷提老头的朋友建议他卖掉克拉格的头,并说自己认识一个纽约的收藏家,那人愿意出大价钱来购买。

史谷提老头拒绝了朋友的提议,是因为他不能和克拉格分开。他觉得克拉格一直在追踪他、报复他,并且除非他死否则绝不放手。史谷提老头不想逃避这场战斗,他要和克拉格一直战斗下去。

2.史谷提老头已经处于半疯狂中了。这是因为他用了大量的时间追捕克拉格,他和克拉格共同生活了相当长的时间。最后他设计杀死了克拉格,但在杀死克拉格后他还是无法回到正常的生活中去。他的生命已经和克拉格紧紧相连了。因为无法割断与克拉格的联系,史谷提老头始终觉得自己在被克拉格追踪着,这使他的精神处于崩溃的边缘。

四、略。

图书在版编目(CIP)数据

小战马／（加）西顿著；石冬雪译. -- 杭州：浙江人民出版社，2014.12（2017.12 重印）

ISBN 978-7-213-06426-5

Ⅰ. ①小… Ⅱ. ①西…②石… Ⅲ. ①儿童故事 – 作品集 – 加拿大 – 现代 Ⅳ. ①I711.85

中国版本图书馆 CIP 数据核字（2014）第 281138 号

小战马 XIAOZHANMA

书　　名	小战马
作　　者	[加] 西 顿 著　石冬雪 译
	崔钟雷 主 编
	石冬雪　付 哲　邢伟萍　副主编
出版发行	浙江人民出版社
	杭州市体育场路 347 号
	市场部电话：（0571）85061682　85176516
责任编辑	毛江良
责任校对	陈 春
封面设计	稻草人工作室
印　　刷	洛阳和众印刷有限公司
开　　本	787 毫米×1092 毫米　1/16
印　　张	12
字　　数	19 万
版　　次	2016 年 8 月第 2 版·2017 年 12 月第 3 次印刷
书　　号	ISBN 978-7-213-06426-5
定　　价	19.80 元

如发现印装质量问题，影响阅读，请与市场部联系调换。